在流星雨中逝去的妳 4

shooting stars.

Kadokawa Fantastic Novels

「你說謊。」
「我沒說謊。」
「我不會當太空人。
至少，不會靠地球人幫忙。」
「可是這樣一來，妳雙親的夢想——」
Soku
Soku
Soku AKU
Soku AKU

「我不會把Space Writer交給任何人，
也不會靠地球人幫忙。所以──」
星乃站起來，就像下最後通牒似的以堅定的聲調說：
「平野同學是騙子。」
SOKU
KU AK
SO

Kuroi Meiko
黑井冥子

「平野大地，言語這種東西很不可思議。想說出口，都會卡在喉頭，但寫成文字，就會像滿出來似的不斷湧出。就算一對一會緊張得說不出話，只要當成對不特定多數讀者說話，就不會有任何難為情或遲疑，能夠好好寫成話語。之前都無法化為言語而累積的念頭滿出來，讓我把自己的內在都吐露在稿紙上，暴露出來，展現給大家看。過去我也曾經為一些日常的瑣事鑽牛角尖，但自從我開始寫小說後，一切都變成了我的養分。我覺得這是我的天職，我確信小說才是我該走的人生路。」

「所以妳才想當小說家？」
「對。」
我覺得從我認識黑井以來，這是她說話聲調第一次有了抑揚頓挫。
「寫小說的時候最自在，
有活著的感覺。我不用嘴說，相對地，
我把想法投影到用手寫下的文字上。即使沒有任何人看
也沒關係，但有一天，我有了讀者。」

在流星雨中逝去的妳

She was killed by shooting stars.

The themes of this story are "Space" and "Dream".

CONTENTS

在流星雨中逝去的妳 4

She was killed by shooting stars.

松山剛
［插畫］珈琲貴族

Kadokawa Fantastic Novels

「每個人在自己的人生這個故事裡，都是主角。」

——約翰・巴思

序章　密碼

二〇一七年十二月三日十四點三十九分。

這名女性在走廊上踩出響亮的腳步聲，英姿綽約地走著。

她有白老虎般漂亮的銀髮，以及像是能射穿一切的犀利目光。微微瘦削的臉頰給人一種嚴格的印象，但那比實際年齡年輕十歲以上的容貌今天也充滿了生命力。走在走廊上的職員先緊張了一會兒，然後恭敬地對她打招呼。看在不知情的人眼裡，也許會想像到在軍艦上一群年輕士兵撞見嚴格長官的情形。

「早啊，情形怎麼樣？」

惑井真理亞以一貫的聲調打招呼，管制官們就一起轉過頭來。正前方設置了三台大型螢幕，另有成排各種監視器的室內有著夠格形容為司令部的威儀，負責管制與運用的團隊成員宛如戰艦上一群有能的乘組員。

JAXA筑波太空中心，國際太空站（ISS）日本實驗艙「希望號」運用管制室。與NASA的詹森太空中心合作，二十四小時進行管控，是日本航太領域的心臟地帶。

「艦長，我們就等妳來啊。」

「長叔，我不是叫你別這麼叫我了嗎？JAXA沒有這種名稱的職位啦～」
「哈哈哈，有什麼關係嘛，艦長。」
一名年紀較長的資深管制官那張老好先生的臉笑得皺巴巴的。
「唉～最近年輕人會學你的～」
真理亞以一貫拉長語尾的語調這麼回答，長叔——也就是長野德次郎就笑著說：
「年輕人都想跟艦長培養感情啊。」
「先不說這個，我有東西要請艦長看。」
「又是孫子的照片嗎？」
「哈哈哈，那個晚點再說。」
長野德次郎笑著回答，拿出一疊列印出來的紙說：「是這個。」
「……？這什麼啊？」
真理亞接過紙張，迅速過目。上面寫著「1010100001101……」，有著隨機羅列的「0」與「1」字串。
「二位元資料？」
「是前不久ISS收到的。的確，就是名符其實的二進位（Binary）吧。」長野以文靜的語氣說道。
「從哪裡發來的～？」

「這……是從太空的另一頭。」

「別的衛星？」

「不是，不像是這樣……真的，是從宇宙的另一頭。」

長野個性溫和，卻是個對工作很嚴謹的管制官，怎麼想都不覺得他會在這種事情上說謊。ISS收到了神祕的訊號，但發訊來源不明。疑似是從遙遠的太空發送過來——

聽他重點式報告完這些事實，「嗯～～？」真理亞搔了搔一頭銀髮。

「類似快速電波爆發（Fast Radio Burst）？」

「真不愧是艦長，好浪漫啊。」

「我是說正經的啦～～」

「既然這樣，會是外星人發來的信息嗎？最近都有外星生命落到地球上了，SETI也會熱鬧起來耶。」

「別提那個呆子了……那麼，有可能是網路攻擊嗎？」

「我請阿武查過，他說還不知道。說是字元陣列沒有意義，像是一種密碼。」

「密碼啊。」

「如果解讀出來，會不會搞懂外星人的語言呢？就像電影《接觸未來（Contact）》，還有題材來源的『Wow！訊號』案。」

「長叔比我浪漫多啦。」

就在這個時候。

「惑井艦長～～！有妳的電話～～！」

一個慢條斯理的說話聲傳進管制室。走進來的是個年輕的女性職員。真理亞對長野德次郎看了一眼表示「你看吧？」，但長野只「哈哈哈」地笑得突顯出臉上的皺紋。

「長叔，這個可以交給你處理嗎？」

「當然可以。」

「畢竟有過前陣子那個『失聯』案啊，麻煩以當成網路攻擊的前提來因應。阿武哥那邊就請他繼續分析，除此之外也請所有人檢查有沒有收到其他奇怪的數據。要頻繁跟我報告。」

對於真理亞俐落的指示，長野德次郎笑著回答：「I copy!」

「好了……電話是吧。」

她想起打電話來的人的臉孔，忍不住將想法說出口。

想也知道那個呆子找我不會有什麼好事。

第一章　蓋尼米德

1

沒什麼好事的一天，是由一通電話開始。

宇野宙海拜託我：「平野同學，不好意思這麼突然，我有點事情想跟你商量。」我太早下結論，以為又是為了當偶像明星的事情要來找我商量生涯規劃。

「我多少擠得出一點時間。」

「太好了！那可以麻煩你來Big Site一趟嗎？」

「啥？Big Site？」

「其實呢——」兩小時後。現在，我們兩個並肩坐在椅子上，靜靜地「賣東西」。桌上堆了大堆文庫本尺寸的書，像是小小的巴別塔。我是不太清楚，聽說這裡是「同人誌展售會」的活動會場。我們就待在從臨海線國際展示場站走路約五分鐘，以倒三角形的造型知名的建築物內，因為宇野拜託我來同人誌展售會幫忙賣東西。

但問題不在這裡。

問題是——

「…………」

我朝身旁瞥了一眼。坐在那兒的是個十七歲的少女，但她不是宇野。

「黑井。」

「…………」

我叫了她一聲，她就只將視線挪過來。看起來像是被她斜眼瞪視，有點可怕。

「這展售會，妳……常來嗎？」

「…………」

她不回答，連頭也不點。明明沒有風，黑色長髮卻微微搖動。

在會場等我的是黑洞，也就是黑井冥子。說是黑井似乎會定期在同人誌展售會擺攤，販賣自己寫的「小說」。平常她都是和宇野兩人一起顧攤，但今天宇野臨時得去演藝經紀公司打招呼，沒辦法來，所以被找來當救火隊的就是我了。

在知道宇野不來的時候，坦白說我是想拒絕的。要和那個黑井冥子，而且還是在同人誌展售會這種陌生的場合兩人獨處好幾個小時，我根本不可能撐得下去。然而宇野說：「如果只有冥子一個人，她會沒辦法休息，連廁所都不能去，平野同學，拜託你！之後我會答謝你的！」在她這種隔著電話都感受得到已經磕頭請求似的懇求下，我終於忍不住軟化了。畢竟以前在很多地方都承蒙宇野照顧，我又和宇野的母親吵過一架，讓我難以拒絕，這也是原因之一。

——話說回來……

由於和黑井之間完全沒有對話，我一邊翻著寫有「COMITIC135」的活動場刊，一邊用手機查各式各樣的東西來消磨時間。看來今天的活動和一年兩次的知名展售會不同，是原創作品的創作同人誌展。大約有三百個攤位，陳列漫畫、小說、音樂CD與電子書等各種原創作品，會場上也有很多來賓，充滿了熱氣。我們所待的地方通稱「文章島」，似乎是個聚集了許多小說與隨筆等文章類社團的區塊，但只有這裡的人潮很少。文章系同人誌無法賣得像漫畫那麼多——我看過一個陌生的同人社團部落格這樣嘆息，即使如此，兩旁的社團不時有客人過來，談笑了兩三句話，買了些東西走。

但黑井的書完全賣不出去。不，已經不是賣不賣得出去的問題，開場都兩小時了，沒有一個客人上前。

為什麼只有我們攤位完全沒有人來？

起初我還覺得納悶，但等我上個廁所回來後就知道理由了。

原因是攤位的主人——黑井冥子。這個少女一頭黑色長髮像簾子般垂下，不但不陪笑，還始終面無表情，不發一語，像看著某種人類看不見的事物似的，凝視空無一物的虛空，散發出強烈的存在感。從遠處看去，甚至會覺得只有她身邊散發出一種不祥的氣場，還可以清楚看出兩旁攤位的人都露骨地拉開距離坐著。人流避開黑井而彎曲的情形，就好像太空船為了避免被黑洞吸進去而繞行。

由於這樣實在太難撐，我試著拿起黑井的書來看。

一拿起來，就覺得沉甸甸的。尺寸是文庫本，但厚度應該有市面上一般文庫本的兩倍。封面以手寫的文字寫上書名，總覺得紙張微微透著墨水，像是黑色暈開，更讓人覺得心裡發毛。

《關於人體的分解》。

人體的，分解……從書名就覺得頗為不妙，但我同時也湧起了想看看裡面寫些什麼的好奇心。

翻開書頁看看，密密麻麻的蠅頭小字映入眼簾。

【我動起想殺了那傢伙的念頭是在第一次見到的時候當時我就有了一種像是預言的確信。當我看到那乍看之下文靜的風貌與陪笑的鬆弛嘴角時馬上就想扯下他的嘴唇於是我扯了又扯扯來吃掉。認識十八小時後我在充滿了毒品的性交中體內被射了四次男人的精液後男人吸毒亢奮起來用嘴唇渴求我的嘴唇我趁機用鉗子一夾男子就發出唔咕咕咕的怪聲我用力拉扯想直接扯下來他的臉就像火男面具一樣抬起我用蠻力用力拉扯結果不只是嘴脣臉皮也被往橫向剝開噴了一大堆血，他用像是我聽不太懂的方言發出哀號接著我下定決心要鑿穿他的眼球。我想先從右邊開始比較好於是把為了這一天而準備好的視力檢查用擋眼板朝躺著的他的眼窩插下去結果嘔吐物突然從他嘴裡噴出來把床上染成一片紅黃交織的大理石紋路往右眼插下去竟然就會有東西從嘴裡噴出來人體實在不可思議但人體分解與性交持續進行下來也就開始分泌出快樂物質讓我愈來愈爽快……】

「…………」

我凝視身旁的少女。要說這是品味低俗的血腥小說，也的確可以分在這一類，但這樣的小說，以黑井工整的手寫文字寫了長達幾百頁。如果這是由知名作家手寫，也許會吸引到一些比較核心的書迷，但手寫文字那種活生生的感覺太強，讓人光看這些字就有種受到詛咒的感覺。文字飛進視網膜，就像不會消失的殘像刻在上面，形成一種很不舒服的讀後感。

不妙啊……

我隱約可以想像一幅景象，少女在昏暗房間的角落，在稿紙上寫著殺害男子現場寫個沒完沒了。作品中遭到殺害的男子的專有名詞不是平野，讓我莫名鬆了一口氣。

我輕輕合上書本。

嗯。

今天就當作沒看過這小說吧。

○

然後到了下午四點。

會場內發出宣告活動結束的廣播，掌聲響起。隨著活動結束，我靜靜鬆了一口氣。明明什麼都沒做，卻有很沉重的疲勞感。

「對不起～我來晚了！還好嗎？」

攤位前出現了一名黑髮眼鏡少女——宇野宙海。她似乎是從演藝經紀公司回來，身上的服裝是色調比較亮麗的襯衫。

「一點都不好。」我忍不住說出了真心話。和黑井兩個人默默獨處的時間，讓我覺得漫長得要死。跟這比起來，被不高興的星乃罵個狗血淋頭還比較好。

「真～～～的很謝謝你，平野同學！下次我會好好答謝你的！」

「答謝就不用了啦。倒是妳去經紀公司打招呼，還順利嗎？」

「今天只是大家先見個面，不過還可以啦。雖然我有夠緊張的。」宇野對我露出活潑的笑容。她的臉上沒有疲憊的神情，而是不折不扣的充實感。

「冥子，對不起喔，我爽約了。」

「…………」

黑井抬起頭，靜靜搖了搖頭。她不說話，但從以前她和宇野就能成立這樣的溝通，讓我覺得不可思議。這兩個人當初是怎麼認識的啊？

「賣得怎麼樣？」

「…………」黑井默默搖頭。

「這樣啊～展售會好難喔。」是這種問題嗎？我想歸想，但沒說出口。

宇野俐落地收拾東西，把賣剩——應該說除了提交給營運方的樣書以外，一本都沒少——的同人誌裝箱，以及將椅子折疊好……

「宇野是從幾時開始來展售會幫忙賣東西啊？」

「呃～……從上高中開始，所以大概一年多一點了吧。」

「黑井的小說，妳看過嗎？」

「當然看過了。內容好有刺激性，雖然有點……限制級。」

宇野的臉頰微微染紅。

「平野同學也看過了？」

「只看一點就是了。」

「覺得怎麼樣？」

「呃～」我不知道該怎麼回答。黑井繼續收拾，沒在看我，但肯定聽得見。

「對我來說，可能艱澀了點吧。」

我含糊其詞，回答得不痛不癢。宇野俐落地收拾完東西，把一個色調樸素的旅行箱拉過來，說聲「冥子，妳還好嗎？……那我們走吧？」開始走了起來。黑井拖著全黑的旅行箱跟在後面。

「平野同學，平常會看小說嗎？」

「沒有，不太會看。漫畫倒是偶爾會用手機看。」

「這樣啊～我大概是看的小說比漫畫多吧，最近在看伽神春貴之類的。」

「伽神春貴？」

「呃～是個今年出道，非常暢銷的作家。書名叫《孤獨黑暗的另一頭》。」

聽她這麼一說，就覺得好像聽過。似乎在網路上看過宣傳報導。

「這套小說啊，基本上是推理，但也有一些描寫戀愛或青春的情節，真的好好看。現在出到第三集了，還聽說會拍成電影，我挺推薦的。」

「是喔，聽起來真有意思。」

「不介意的話可以看一下喔，而且用手機就能試閱開頭。冥子有什麼推薦的嗎？」

黑井被宇野點到，微微搖了搖頭。

她對宇野就會好好做出反應啊。我對她們兩人的距離感莫名感到佩服之餘——

「也好，有時間我會讀讀看。」

我又含糊回答，重新揹好背包。今天我實在是累了，而且我還丟下星乃不管，只想趕快回到住的地方。我這麼想著，在完成了一天工作的參展者人潮推擠下快步行走。

就在我彎過Big Site寬廣的通道時。

手機在口袋裡響了。

——？會是誰呢？

郵件的內文只有一行字。我朝黑井看了一眼，她也握著手機，只和我對看一眼。

郵件裡寫著這樣的的話。

【我——】

就像小聲喃喃自語似的。

【曾有個夢想是當小說家。】

我再度看向黑井，她已經沒在看我。

2

十二月冰冷的風吹過，將大衣下襬吹得像翅膀一樣翻起。

我在寒風中顫抖，快步爬著生鏽成咖啡色的樓梯上去一看，眼前就是日復一日再熟悉不過的銀河莊二〇一號室。

我一如往常打開艙門，裡頭的世界還是老樣子，籠罩在與室外同樣寒冷的空氣中。

「今天炸蝦便當賣完了，所以吃漢堡排便當嘍。」

我把便當放到桌上，如此說了一聲後，黑髮少女就從電腦桌後面慢慢探頭出來。

「…………」她盯著我看，然後把視線移到桌上的便當上。換作不久前，這個少女會像個土匪似的，一把將裝便當的塑膠袋搶走，連手也不洗就開始吃，但不知道怎麼回事，最近她都遲遲不去碰。我知道她這樣的理由。

——我是來自二〇二五年的未來。

距今短短幾天前的那次告解。告知我是用她發明的「Space Writer」，從八年後的未來穿越時空而來；告知星乃會在距今五年後發生的一場叫作「大流星雨」的人造衛星恐怖攻擊而喪命；告知星乃從墜入大氣層的ＩＳＳ對我呼喊：「救、救、我。」包括我過了一次被淘汰的人生，全都毫不隱瞞地告訴了她。

我說完這一連串來龍去脈後，星乃靜靜地宣告：「讓我考慮一個晚上。」而等她考慮一個晚上後，她又說「再一個晚上」，之後又繼續延期——

到了今天。

「這陣子，我試著想了很多。」

星乃鄭重地轉過來面向我，讓我也不禁正經起來。感覺得到一滴汗水從背上流過。

「這話不太好開口，不過……」星乃難得吞吞吐吐。她的視線往上朝我瞥了一眼。

——這是怎麼了？

接著，她說出了一句令我意外的話。

「平野同學，『你在說謊』。」

「咦？」我反問這句話。「我……說謊？」

「對。」

星乃點點頭。

「妳沒辦法相信我來自未來？」

「不是，這個我相信……我不得不相信。」

她不知所措地對我解釋：

「我認為，發明Space Writer的人的確是我。畢竟也發生過葉月的事，而你直到現在的行動，也是從這個觀點就說得通。所以這點我相信，不會再懷疑……可是——」

星乃的聲音大了一些。

「我不可能把Space Writer交給平野同學你。」

「……咦？」

不知不覺間，她的臉頰微微發紅。

「我是為了去見爸爸媽媽，才會想發明Space Writer。」

——我想到只要發明能回到過去的時光機，就可以見到爸爸和媽媽。

這和「第一輪」的星乃一樣，是她設計時光機的目的。

「雖然還沒完成，但完成前一階段的『這個』已經進入實用階段。」

星乃用手指碰了碰掛在脖子上的耳機。那是我也很熟悉的「迅子通訊機」，能夠聯繫過去與未來的通訊裝置。

「這個，已經可以用了？」「只要有迅子電池。」

我不掩飾驚訝。我當然早就知道星乃完成了這項設計，但沒想到她在這個時代研究就已經進行到這個地步。考慮到她是十七歲的高中生，她天才的程度實在令人傻眼。

「這項Space Writer的研究，是我從媽媽提出的假設和爸爸留下的發明當中得到了靈感，然後進一步發展而成。正因為這樣，我絕對不會把這個東西交給任何人，也不會讓任何人拿去用。」

「呃，可是我……」

「你要說是未來的我給你的吧？」

「對。」

是即將在大流星雨中殞命的星乃讓我知道這項發明的存在。『讓大地同學無論如何都覺得後悔時，還能從頭來過。』——所以我現在才會在這裡。

「不可能。」

星乃以率真的眼神這麼宣告。她的手掌用力在大腿上握緊。

「我絕對不可能把從爸爸媽媽手上繼承下來的『發明』，交給不知道從哪裡來的死人骨頭。」

「說死人骨頭也太難聽了吧。」

「那就蝦子的尾巴。」

「這比死人骨頭還爛嗎？」這對話有點讓人搞不清楚是開玩笑還是真心話，但我非得洗刷這個疑惑不可。「確實是『第一輪』的妳把Space Writer送給我的。從ＩＳＳ，透過這迅子通訊機。」

「你說謊。」

「我沒說謊。」

「追根究柢，從ＩＳＳ這個說法就說不過去。」

「這又是為什麼？」

「因為——」

下一句話又出乎我意料。

「我不可能去當太空人。」

「什……」我不禁聲音變調。「為什麼啦？」

「要當太空人，雖然不管是透過ＪＡＸＡ、ＮＡＳＡ還是Roscosmos都行，但就是得參加太空機關，通過選拔考，接受訓練才能當。可是我絕對不會靠地球人幫忙。」

「不過，妳的夢想不是當太空人嗎？」

「這種事你聽誰說的？」

——沒錯，太空人。

我確實是聽第一輪的星乃親口這麼說。當時我對她的夢想一笑置之，結果被她拿布偶等各種東西猛力砸個不停。那是我絕對忘不了，到現在還會夢到的瞬間。

「我不會當太空人。至少，不會靠地球人幫忙。」

「可是這樣一來，妳雙親的夢想——」

「這和你無關。」少女說得斬釘截鐵。「我不會把Space Writer交給任何人，也不會靠地球人幫忙。所以——」

星乃站起來，就像下最後通牒似的以堅定的聲調說：

「平野同學是『騙子』。」

3

這天回家路上。

我踩著虛浮的腳步走在歸途。

——平野同學是騙子。

我沒料到會這樣。我自認已習慣星乃對我說話難聽，但我沒想到會被她這樣懷疑。

星乃將來會當太空人，然後繼承雙親的夢想。但她壯志未酬身先死，臨死之際將Space Writer託付給我。到這一步都是已經確定的未來，這個歷史事實對我而言，可說是我一切所作所為的大前提。

不對勁。星乃的夢想應該是當太空人，以及繼承雙親的夢想。包括Space Writer的事在內，現況和第一輪的差別讓我腦子裡一團亂。

——還是說，時期錯開了？還太早嗎？

印象中，第一輪聽星乃告訴我她夢想當太空人是在我們認識大約一年後，所以這表示現階段星乃還沒決定她的夢想嗎？那她當初到底是在什麼契機下決定了夢想？

汽車的車頭燈映入眼簾，在彎過轉角前停下。等車子開過後，我輕輕按住右眼。我按住的就只有自己乾燥的眼瞼，並未沾上任何血液。當「第一輪」與「第二輪」發生分歧時，就會像警報一樣在我身上發生的神祕現象——「血淚」。然而現在，即使並未流出血淚，我卻體驗到了決定性的差異。

成功讓她相信我是穿越時空而來，這點是很好。可是，我因為別的事情，被她稱為「騙子」。照這樣下去，能不能讓她相信大流星雨的事都很難說，我有辦法將她從前所未有的太空恐怖攻擊中拯救出來嗎？

我該怎麼辦才好？

我煩惱著這些事情，抬頭看著聚集了飛蟲的路燈時。

手機響了。

『——喂？平野？』

打電話來的人是伊萬里。接著聽見她有點客氣地說：『現在方便嗎？』

「怎麼了？」

『問你喔，這週日……』她停頓了一會兒後，『你有空嗎？』

「有什麼事嗎？」

『其實，是有個設計方面的展覽，我想去看。門票我也拿到了，所、所以我就想說如果你不介意，要不要一起去看。』

「呃～～……」

我想起今天的事，猶豫了一會兒。現在不是玩的時候。

『跟你說喔，這個展覽啊——』

伊萬里說到這裡，像要催我做決定似的補上一句話。

『伊緒也會出展。』

4

週末。

我在站前等人，看到將一身雅致的大衣穿得很好看的少女朝我揮手。

「平野～～」

「喔～～妳很慢耶，駱駝蹄！」

「噁，為什麼涼介在啦！」

「我聽說會有很多正妹到場，就跑來了。只是駱駝蹄，妳可不行。好痛！」

涼介突然被她踩了一腳，痛得連連跳腳。他還學不乖，看著四周說：「伊緒妹子呢？我心目中的蘿莉第一名伊緒妹子人在哪？」

「伊緒已經先進會場了。涼介，你聽好了，我可沒有你的票。」

「真的假的？竟然霸凌我。」

「還不是你自己要跟來的？」

伊萬里使出一記下段踢，但被涼介輕巧地躲過。

「對不起，盛田同學，我來是不是很礙事？」先前一直不說話的宇野有點顧慮地舉起手。涼介自己聽到消息跑來，還擅自邀了宇野。

「宙海妳來沒問題。今天妳不用去上課吧？」

「嗯，很久沒有休息了，所以我一直很期待跟大家一起出門……」

「大地同學也帶美少女來不就好了？」

「就算我邀，她也不會來啦……對了。」我問起最關心的事情。「伊萬里跟那個轉學生認識？」

「嗯！雖然我們是最近才變成朋友。伊緒她啊，很厲害，還只是高中生，卻已經是在全球活躍的藝術家。」

「咦？」

「之前她不是和平野在美術展撞見過嗎？……對，就是在月見野美術大學那場。當時有展出署名『空知伊緒』的作品，你記得嗎？」

「聽妳這麼一說……」

我回想起今年夏天去看的美術展內容。記得是本來要去大ＩＳＳ展，後來變更了行程時去看的。當時我和葉月一起，還在途中遇到伊萬里，最後——

——沒錯。

記憶總算甦醒過來。在那場美術展上，我的確看了一幅「空知伊緒」名義的作品。作品的標題叫《SPACE BABY》，是一幅畫著ＩＳＳ在太空被一雙大手抱住的畫。

「啊，電車來了！」伊萬里這麼一喊，「不妙！」「糟糕！」大家就趕緊通過驗票閘口。

我們勉強搭上了要搭的電車，手機就響了起來。

——咦？

手機畫面上收到了這樣的訊息。

『小心。』

我們轉乘電車，抵達位於都心的會場是在一小時後。

會場比我想像中更熱鬧。

會場前豎立著一塊寫著【F&A設計師展】，做得很藝術的招牌。會場裡擠滿了許多就像廟會攤販似的攤位，各攤位都陳列著許多以服飾為主的設計作品。這個展覽並不特別要求參加資格，從設計科的學生作品到職業設計師的作品都有，展出作品的幅度相當廣，這點我在搭來這裡的電車上就聽伊萬里說了。說是可以自由試穿喜歡的作品，還有不少設計師想被服飾品牌挖角，進軍世界。

「好厲害啊，有這麼多攤位耶～」

宇野嚇了一跳似的環顧整個會場。攤位擠得水洩不通的情形，讓我想起先前陪黑井參加的同人誌展售會，但這次的會場更大。隱約覺得服裝很時髦的參加者也很多。

「宙海是怎麼決定平常穿衣打扮的？」

被伊萬里問到，宇野「咦～」了一聲，露出為難的表情。

「我也不知道呢，畢竟在學校就是穿制服，假日就是穿便服吧～還挺隨便的。」

「那今天我們就來找找各種妳穿起來會好看的衣服吧，而且說不定會有一些可以當成偶像明星打歌服穿。」

「咦、咦，不用了啦，我又還不是偶像明星，也沒什麼錢……雖然我是很喜歡逛逛看有什麼衣服啦。」

「那我們走吧！光看也會很開心的！」

伊萬里牽起宇野的手，一路走進會場。走了幾步之後轉過身來，朝我們喊：「平野你也來啊，快點～～！」

「等等我嘛，我的甜心！」

涼介攤開雙臂，以輕薄的態度跑過去。「我沒叫你。」「我也不是找妳。」他們互虧幾句，宇野則在一旁為難地「啊、啊哈哈」乾笑。

——小心。

我想起郵件的內容，若無其事地提防會場內的情形。沒有任何可疑的跡象，但由於人很多，不知道有誰在。我是覺得光天化日之下，不會發生什麼太離譜的事情，只是話說回來，那郵件會是誰寄的呢？

五分鐘後。

「奇怪了～～？」伊萬里停下腳步，環顧四周。「『Ha－05A』的攤位……是這裡吧？」

我們順利抵達要去的攤位，但空無一人。這裡放有桌椅，掛著很多時尚的帽子或圍巾等配件。或許是和攤位合作的作品，還掛有繪畫與插畫，是個相當花俏的攤位。只是，我們要找的伊緒不在。

「是不是去上洗手間了？」

「先等一下看看吧～～」涼介擅自找了椅子坐下。「我去看看那邊的小姐噗咕！」

「不要在攤位搭訕啦，你這白痴。」

伊萬里揪住涼介的嘴唇，釣魚似的拉起來。

我心想真拿他們沒轍，環顧會場四周，看到周遭人們嘻笑。我有點難為情。伊緒還不來。

「我去附近晃晃。Universe妳呢？」

「我在這裡再看一會兒，畢竟有很多可愛的帽子。還有，就跟你說禁止叫我Universe了啦。」

「抱歉抱歉。等伊緒來了，跟我說一聲。」

伊萬里還在跟涼介打鬧。我心想暫時先別管他們，離開攤位，在會場逛起來。

逛著逛著，忽然看到一個令我好奇的攤位。

【星空畫室　～月見野科學大學・天文同好會】。

那是大學天文社團的攤位。他們把星空的照片做成展示板，底下陳列著印有星座或銀河等圖像的T恤、手帕等產品。月見野市就是我們家鄉，所以我產生了一點興趣。

「喔？有這種東西啊？」一款運動服上印有臉色很差的外星人，雖然品味很糟，但確實怎麼看都是星乃會喜歡的東西。我想到如果買回去，星乃也許會很開心，不過價格要兩張澀澤榮一——二〇一七年那時還是福澤諭吉（註：兩者先後為萬圓鈔上面印的人物）——讓我有點打消主意。我想找些更便宜，更買得下手的精品，結果找著找著——

——有了。

我將手伸向星形耳環，卻碰到別人的手。

「啊，對不起。」

「哎呀。」一頭亮麗的頭髮在眼前散開。

我碰到的是一名高挑少女的手。亮麗的光澤在她的長髮上流過，明明是黑髮，卻讓人覺得帶著點紫色。

「竟然會在這種地方遇到，好巧啊。」

「好巧？」

我看著對方的臉，但不覺得眼熟。

「好遺憾喔，明明我們好幾次在走廊上打過照面。」少女以優雅的動作把頭髮撥到耳後，並露出有氣質的笑容。

「走廊……這麼說來，妳讀月高？」

「我是一年D班的犂紫苑。」

犂紫苑。少女報出了一個讓我覺得多半很難選對漢字的名字。我還是不記得有認識這麼一個人。說起來，低年級女生的臉跟名字，我幾乎都兜不起來。

「可以請教你尊姓大名嗎？」

少女文靜地問起。

「我姓平野，平野大地。」

對方連名帶姓報上來，所以我也依樣畫葫蘆地回答。

「平野，大地……呵呵，這名字真好。」少女還是笑得很有氣質。她的眼睛有種不可思議的光芒，給人有小小的星星從裡頭浮現的獨特印象。是她的眼睛映出了會場的燈嗎？

「『犂』這個姓氏不好記吧？常有人這麼說我。如果不介意，就請叫我『紫苑』吧，平野同學。」

「嗯、嗯。」要我叫她紫苑的少女看著我的眼睛。對剛認識的女生直呼名字，讓我有些不自在，而且這女生會不會太愛裝熟了點？

「平野同學，對設計有興趣嗎？」

少女不理會我的不知所措，拿起先前碰到的星形耳環，微微瞇起了眼睛。星光就像爬上地平線的陽光，在她眼睛裡流動。

「……今天是朋友邀我來。」

「可是剛才你似乎看得很熱衷。」

「噢，該說是對設計，還是對這個攤位好奇了起來……」

我朝四周看了看，回答：「我從以前就喜歡太空、星空這些東西。」伊緒也許差不多要回去了，好像不應該在這裡聊太久。

「啊，果然！我也很喜歡。」紫苑自顧自地說個不停。「太空跟星空我都好喜歡。

我從以前就老是抬頭看著天空，踮起腳尖想去摘星星。」

少女在原地踮起腳尖，「像這樣……」做出摘東西的動作。紫色的光澤在她頭髮上流過，輕巧彈跳的模樣突然讓她給人的印象變得很稚氣。這是否表示她其實和給人的第一印象不同，意外地是個很活潑的人？

「可是，我摘不到。」紫苑遺憾地皺起眉頭。「要摘到星星，必須有以光年為單位的身高才行……」

「哈哈，那當然了。」

少女的表情顯得真的很遺憾，讓我忍不住笑出來，突然被人叫去說話而有些不知所措的心情也緩和了幾分。

「對了，平野同學！如果你不嫌棄，要不要一起逛？我因為朋友先回去了，正有點傷腦筋耶。」

「不，我朋友在等我……」

「好啦好啦，別這麼說嘛，一下子就好。」

「嗯～～」手機沒收到訊息。我也先交代過伊緒來了要跟我說一聲，宇野個性一板一眼，應該會打電話給我吧。

「……不會太久的話。」

「太好了～～這一定也是星星的安排。」少女豁達地微微一笑。「來，我們走吧，

UNHEALTHY ALIEN

平野同學。」

紫苑牽起我的手，離開攤位，開始走了起來。我心想這情形實在奇妙，但還是跟著紫苑走。

紫苑是個不可思議的少女。她對豪華的時裝與高級品牌都不表示興趣，卻似乎很喜歡一些小小的創意產品，像是插畫會隨溫度改變的T恤，或是很像益智玩具智慧之環的手環，她就會開開心心地跑去看。

「平野同學，平野同學！這個，好棒，你不覺得很好玩嗎？」

這次她右手拿著「手拿鏡」，開心地照向自己。看來是一種會把鏡子裡的人物反射得像是萬花筒的鏡子。

「這……原來啊，看起來單純，其實是運用了光的繞射……還用了分光裝置嗎？」

她像個科學家一樣，把東西拿起來，從上看看又從下看看，然後雙手抱胸，歪頭思索。總覺得跟星乃有點像。

「犂……同學，妳好像喜歡一些奇怪的東西。」

「我啊，一看到這種神祕的東西就會很雀躍，然後會想去分析清楚這裡頭的機關，或者說是設計。還有，請叫我紫苑喔。」紫苑舉起手拿鏡，像個孩子似的眼神發亮。

就是在這個時候。

「啊，平野～～！原來你在這種地方啊～～！」

金髮少女一邊揮手一邊朝我跑來。宇野也待在她身旁，補上一句：「空知同學已經來了喔～～」

「喔，是嗎？我馬上就去。」

「手機也打不通，我們才跑來找你——等等。」伊萬里露出吃驚的表情。「平野，這女生是誰？」

「咦？」

不知不覺間，一隻白色的手臂已經勾住我的左手。紫苑注視著我，「嘿嘿嘿」地笑幾聲，露出天真的笑容。

「啊，是我剛認識的，我們高中的一年級生。」

「我叫犂紫苑。」少女仍維持勾住我手臂的狀態打招呼。伊萬里盯著她的手看，表情顯得有些不滿。

「平野同學，你跟她很要好嗎？」這次換宇野面帶笑容發問，但她的表情莫名有些僵硬。

「不，我們才剛認識。就在那邊遇到。」

「這、這樣啊……」宇野看起來有點不自在，看看我，又看看紫苑。

紫苑仍然勾著我的手。

「別這樣黏在一起。」

「有什麼關係，又不會少塊肉。」紫苑硬是裝熟地把身體靠過來。伊萬里見狀，更加不高興地噘起嘴脣。

「平野，我們走。伊緒都回來了。」

她用力拉我的手臂。

「知道了，我現在就過去。」

「我也一起去～」

「呃，犁同學……是嗎？妳可以回去了喔。」

「咦～我今天是打算跟平野同學一起逛耶～」

「這種事情是幾時決定的？」

「啊～！大地同學，你在搞什麼啊！」涼介出現，大聲呼喊。「原來大家都待在這種地方！還跑出新的正妹！大地同學，你怎麼這樣啦～把妹要揪啊～！」

涼介扯了一大堆，跑向紫苑說：

「幸會！我是大地同學最最最要好的朋友，我叫山科涼介！從第一印象就決定是妳了！」

「咦？你哪位？」

涼介突然要求握手，讓紫苑張大了嘴。

「對了！這邊這個笨蛋給妳，妳就將就一下吧？他要殺要剮都隨妳高興！」伊萬里把涼介送過去。

「這種的我不要。我要和平野同學一起逛。」紫苑把涼介推回來。

「幹嘛啦，不要這麼排擠我嘛。」涼介有點眼眶含淚。

為什麼會弄成這樣……

我任由雙手被兩名少女拉扯，感嘆自己的際遇，結果……

「哎呀！」這時涼介大叫一聲。「紫苑妹子不見了？」

「咦……？」轉頭一看，發現涼介說得沒錯，犂紫苑已經不見蹤影。我明明覺得直到剛剛她都還勾著我的手臂。

這是怎麼回事？這少女突然出現，又突然消失，簡直像是神隱。

就在這個時候，彷彿要填補紫苑消失的空檔。

「——嗨。」

戴貝雷帽的少女出現了。

5

「喂，慢著。」

我叫住走出會場的少女。

「怎麼，你跟來啦？」

我們和戴貝雷帽的少女——「伊緒」會合，回到攤位後，幫忙顧了一會兒攤位。涼介對伊緒搭訕，伊萬里吐槽，宇野苦笑。伊緒聊著無關痛癢的話題，多少提起有關設計的事，伊萬里則聽得興味盎然。這樣過了一小時後，伊緒站起來，我也從後追去。

於是現在——

會場寬廣的通道上，行人就像迴游魚似的來來去去。但長椅周邊沒有一個人在，就像打海中出現的氣泡，人潮到了長椅附近就會中斷。

「………」

我重新感受到少女的壓迫感。明明不是第一次兩人單獨見面，但一種像是壓在丹田的緊張感卻沒有兩樣。

「哎呀，真想請你不要用這樣的眼神看我。我好歹也是人類女生，被男生這樣防著會很受傷的。」

「人類女生……是吧？」我下意識地提防，一邊回答。這個身穿時尚異國風便服的嬌小少女，帶著一種讓人覺得她穿這衣服好不好看已經無關緊要的存在感，在我面前和我對峙。如果一定要形容，就是一種披著人皮的魔鬼——她的名字叫作伊緒。轉學過來時，她報上的姓名是「空知伊緒」。

「好過分喔，你還這樣看待我。」

不用說出口，思考也會被她看穿。

她究竟是什麼人？這個最根本也最本質的問題，不管我想多少次都得不出答案。

自從這個戴貝雷帽的少女伊緒以「轉學生」的身分進入我就讀的高中以來，也不知該不該說出乎意料，她一直過著極為平凡的高中生活。她會來上課，會和班上同學談笑，儘管並未參加社團，放學後也會和其他女生去咖啡館或唱卡拉ＯＫ。她在扮演一個怎麼看都很平凡的高中女生，但不用想也知道那只是她的偽裝。

「哎呀，好意外喔。今天不像平常那樣問個不停？」

伊緒轉學過來一週，我當然好幾次找她問事情。我問的就是那句話的意思。

——我聽說大流星雨的主謀，就在這間高中。

「告訴我。」這次也會被她轉移話題。明知如此，我還是忍不住問出來。「如果大流星雨的主謀就在我們學校……告訴我這個人的名字。」

「很遺憾。」伊緒很乾脆地搖搖頭。「這不是我的職責。」

「職責？」

「我啊，並不是壞心眼才不告訴你。不只是你，我把一個情報告訴這個世界的人，就意味著改變過去，改變因果的流向。這也表示，你所知道的未來會被改變。」

我想了一會兒，回問：「妳是指蝴蝶效應？」這個理論是說，即使是蝴蝶拍動翅膀這種程度的小小擾動，干涉過去都會讓未來產生莫大的改變。

「也可以這麼說，但比這更加複雜嚴重。而且所謂大流星雨，不折不扣就是這種情形。」

少女的眼睛瞇了起來。會場的燈光一瞬間在她身上留下濃濃的影子。

「阿里阿德涅的線繞上了很多層，拉扯一根就會改變形式，改變意義。就像無論過去與未來，都要定出觀測地點才能確定，所謂的因果既會從上往下流，相反的情形也是有的。大流星雨正是發生在這因果均衡點上的事，待在中心的是天野河星乃，說來你就是個被因果的漩渦牽連進去，湊巧握住了線頭一端的觀測者吧。」

「我受夠吊胃口了。」我把心中的不耐煩原原本本地說了出來。「妳究竟是為什麼轉學到我們學校？」

這是我從當初就一直很在意的疑問。只是，這也是我已經反覆問了好幾次，卻總是被避而不談的問題。

所以我並未期待能得到答案，然而——

「這個嘛——」

少女說出了出乎我意料的話。

「『我是Balancer』。」

「Balancer？」

「要叫調整員，還是調停員，怎麼叫都行。我會在世界失去平衡時出現，為了維持均衡而行動。現在我會出現在你面前，也是這種職責的體現。」

聽不懂她在說什麼。Balancer？

「所以，Balancer為什麼會跑來我們高中？」

我聽不懂，但仍繼續說下去。反正都聽不懂，還不如多問出一些事情。

「你們上的那間學校啊，非常不平衡。該說是奇異點嗎？很多非正規的人物不斷聚集到那間學校，結果就是世界漸漸失去平衡。所以我必須『調整』會導致失衡的人。」

「妳說調整……是要做什麼？」

「調整就是調整。對應方式會隨著情形不同。」

這句話總讓我有種危險的印象。調整。她是打算做什麼？難道說——

「難不成大流星雨的犯人也是調整對象？」

「你理解很快，很好。」

「這麼說來，妳知道對方是什麼人吧？」

「這個問題很難回答啊。可以說知道，也可以說不知道。」

「…………」

「哎呀，可以不要用這種眼神看我嗎？我剛剛不也說過了？我可是盡可能在回答你的問題。好啦好啦，那為了不讓你和我之間失去平衡，我就告訴你到這一步吧——蓋尼米德。」

「咦？」她小聲補上這個字眼。「蓋、蓋尼什麼……？」

「『主謀的名字叫作「蓋尼米德（Ganymede）」。滿意了嗎』？」

等我準備反問這話的意思，少女已經消失無蹤。

6

鐘聲響了。

年紀稍大的老師走進教室，就聽到宇野喊口令：「起立，敬禮。」然後開始上課。今天最後一堂課是古文，但由於白天上過體育課，每個同學的表情都顯得有點沒勁。

我往旁一瞥，看到伊緒若無其事地坐在靠走廊的座位上聽課。雖然沒有任何奇特之處，但這反而讓我覺得毛骨悚然。

──主謀的名字叫作「蓋尼米德」。滿意了嗎？

前幾天，在展覽會場上，那個少女的確這麼說過。蓋尼米德。只要是對星星的名字有點研究的人，都會熟悉這個名字。

IO、Europa、Ganymede、Callisto（註：埃歐、歐羅巴、蓋尼米德、卡利斯多，分別又稱木衛一、木衛二、木衛三、木衛四）。在木星周圍公轉的許多衛星當中，這四個衛星通稱「伽利略衛星」。就如名稱所示，是由知名的義大利天文學家伽利略·伽利萊在一六一〇年發現，於是冠上了他的名字。

我無意識地讓視線掃過班上同學的臉。如果伊緒的消息正確，「蓋尼米德」說不定現在就待在這間教室裡。

「主謀」就在校內，這件事伊緒之前也說過。只是有了名字之後，我還是會覺得主謀突然變得很立體。比方說，就好像以前只是一陣難以捉摸的霧，卻突然聚集成人形。

【學生人數】九一二名（男：四七二名／女：四四〇名）
【教職員人數】一〇五名（校長／副校長／教務主任／正職教師／兼任教師／事務職員／警衛／其他）

我的視線落到根據學校導覽手冊等來源整理出來的資料上，搔了搔腦袋。

太多了。學生與教職員合計達一千人以上。雖然比起附近的高中，規模並不是特別大，但仍然有這麼多人。當然我會把我、星乃、涼介和伊萬里等人扣除，但這不會讓「嫌犯」的人數有什麼兩樣。

地毯式一一調查的確也是一種手段。然而，即使一天調查一個人，也得花上一千天，查到一半我就會從高中畢業了。而且在未來犯案，現在當然不可能存在什麼不在場證明，即使審問嫌犯本人，也可能連「犯意」都尚未形成。

「起立。」宇野的口令聲響起。不知不覺間，課都上完了。

我收起到頭來一眼都沒看的教科書，只留下筆記。上面寫著學生人數與教職員人數的一覽表。沒有任何進展，而且我也不知道該怎麼進展。

「大地同學～～！剛才的古文啊～～！」涼介捧著古語辭典來到我面前。最近他對上課的預習和複習都毫不鬆懈。因為我給過他建議，說和應考有關的課堂上與其做別的事，不如好好聽課，對課業比較有幫助。

「我不是在聽古文漢文，是聽得不識分文。」
「沒人叫你講冷笑話。」
我輕輕搔了搔頭，回到日常。也不能一臉讓人猜不透的表情，讓涼介都為我擔心。
「你買了單字冊嗎？嗯，這就可以。總之你盡量背。因為古文和英文一樣，不記住詞彙就沒搞頭。還有，剛才上課時提到的部分，你有把全文抄在筆記上嗎？咦？就算字寫得醜，只要自己看得懂就好啦，用紅筆來做品詞分解——」
涼介連連點頭，雖然有時會講些無厘頭的話，但還是熱衷地做筆記。我們的對話跟平常一樣，但現在我覺得自己心不在焉。
就在疑問大致上都得到消解後。
「大地同學好厲害喔，什麼都知道，怎麼想都不覺得跟我是同班同學。」
「這些都是上課教過的啊。」
「啊～～我老是靠大地同學照顧耶～～」涼介說到這裡，把古語辭典捧在腋下，微微仰頭看著天花板。「有沒有什麼我可以報恩的事情啊？」
「別說這種見外的話。那就蔬菜麵大碗。」
「不，這個月我買了參考書，很缺錢。有沒有什麼……嗯？」涼介說到這裡，目光停在我桌上的筆記上。我不由得想藏起來，但他快了一步。「這什麼？學生人數和教職員人數……大地同學，你是要開始經營學校還是怎麼？」

「啊，沒有，這個是……」

我急著想藉口，但只答得出：「只是在查一下。」

「哦～～啊，連名冊都有嘛！該不會是在列出正妹？就是說啊，之前你也對紫苑下了毒手～～」

「別說得這麼難聽。」

「雖然紫苑妹子我要了，不過如果你想要這方面的情報，我可以介紹『合適的人』給你認識喔。」

「合適的人？」

「我們班的情報販子。看，就在那邊——」

涼介說到這裡，指著坐在靠走廊最後面的一名個子高大的男生。

「校刊社的近藤。」

7

近藤宇平。

在討論我們班要在校慶擺什麼攤位時，臉不紅氣不喘地喊出「三角運動褲咖啡館！」，還把三角運動褲偷偷塞進宇野偶像打歌服的人物。「沒有啦，是近藤！他說Universe穿深藍色的運動褲一定很好看！」當初涼介是這麼提到這個人物。

放學後，二樓走廊最裡頭。

乍看之下像是儲藏室的空間裡，一塊牌子上寫著「第二學生諮詢室」，涼介解釋這裡就是校刊社的社辦。雖然靠著涼介牽線，我才會像現在這樣一個人過來，但我一次都不曾和近藤說過話。

「我是平野。」

我輕輕敲門後喊了一聲，就聽到回答：「嗨，請進。」

打開金屬製的門一看，也許是門軸歪了，門的下緣會碰到地板，走進去就看到一個人物坐在昏暗的燈光下。老舊的灰色貨架、看來十分堅固的書桌。有種古早公司辦公室——給被貶職的人待的地方。「加～～油！加～～油！」窗外傳來不知是哪個社團在慢跑的喊聲。

「恭候多時了，平野哥。」

近藤坐在這張生鏽但厚重的桌子後頭，嘴角一揚。

他的體格十分健壯，看上去會覺得他有在練橄欖球或美式足球。雖然身高和我差不多，但肩頸肌肉隆起，明明是同班同學卻有種社團學長般的存在感。他身材健壯，但不胖，全身肌肉發達，像是會參加柔道不分級比賽的男子選手。實際上也真的有知名的柔道社主將親自來邀他，然而……

「我活在二次元！」據說他是這麼拒絕的，不知道是真是假。

「不好意思啊，在你社團時間來打擾。」

「沒關係沒關係，今天社員都出去採訪了。」這個硬漢對我陪笑。「而且我欠山科哥很多人情。」

「你跟涼介很要好？」

「我們認識是在分到同一班以後，不過『交易實績』已經超過兩位數。」

「交易……」

「平野哥今天來，也是來『交易』的吧？」

近藤在面前十指相交，陰沉地一笑。他的面孔很有魄力，我覺得有點可怕。

「呃……」總之我先問眼前好奇的事。「你從剛才就很客氣地一直稱呼『平野哥』、『山科哥』之類的……但我們是同班同學耶。」

「你不中意嗎？」

「不，也不是這麼回事，但我們之間講話不必用敬語啊。」

「我的精神年齡是十歲，我把同班同學歸類到『年長者』這個分類，所以我會加上『哥』字表達我的敬意。順便說一下，『HAPPA』初期的名作遊戲《TWO HE

ART》裡的来栖山芹子是十七歲，對我來說也是『年長者』。」

呃，記得平野哥的要求是……」

我有點聽不懂他在說什麼。

「啊，平野哥是直男，對這個世界沒有涉獵啊。我們也差不多該進入正題了吧。

「近藤。」我拉過折疊椅，靠近對方的桌子。「接下來我說的話，要請你保密。」

「當然可以。畢竟我們當記者的，保護消息來源就是生命線。」

近藤挺起厚實的胸膛。可以信任他嗎？可是，我也沒有其他管道可以找。

「聽說你對學生的個人資料很清楚，這是真的嗎？」

「做這門生意，多少知道一些。」

學校校刊算是生意嗎？我想歸想，但先不吐槽。

「例如說……」我回頭朝門口看了一眼，確定沒有人在之後，壓低聲音說：

「像是學生的犯罪紀錄、前科之類……這種事情，你知道嗎？」

「喔……」

近藤聽到這裡，瞇起了眼睛，眼神就像老鷹一樣犀利。

「Europa事件，你知道嗎？」「請問你是指三起裡面的哪一起？」

——！

「原來你知道？」

「請不要看扁我了。七年前的天野河太空人遇襲案、今年八月的JAXA職員遇襲案，以及十月的文王町光秒寺墓地扮太空人槍擊案。以上就是目前被稱為『Europa事件』的刑事案件。三個案子的共通點就是犯人的網路ID，以及——」

近藤低聲宣告：

「後害者都是本校學生天野河星乃姊。」

「你知道星乃？」

「當記者的我，怎麼可能不知道全校最有名的人？」

話是這麼說沒錯，但我還是掩飾不住震驚。Europa事件的確驚動社會，然而目前並未鬧出人命，在校內也不是傳得那麼沸沸揚揚。

這傢伙……我看著近藤的臉，湧起了一種戒心，以及期待。

——意外地有本事？

「我跟天野河星乃是朋友。」

「這我知道，山科哥也說過。所以今天聽到你問起『犯罪紀錄』，我就想到也許是要問這方面的事情。」

「……你很進入狀況啊。」

「謝了。」近藤微微點頭。

「就像Europa事件那樣，盯上了星乃的人說不定就在校內。」

「是跟蹤狂嗎？」

「不，還不能確定是這樣，但總之有人盯上了星乃。」

「然後呢？」

「我想找出犯人，防範於未然，以免星乃受到危害。」

「唔……」

近藤的臉色又有了一些改變。不知道是解開了誤會，還是刺激了好奇心。

「你為了天野河姊，想掌握校內危險人物的動向，這點我明白了。可是，請你答應我一個要求，就是千萬不要利用我提供的情報，做出沒品的事情。」

「沒品……具體來說？」

「放到網路上公開就不用說了，例如拿來當聊天話題說給朋友聽，或是為了錢賣給雜誌這些事情。」

「知道了。我答應你。」

我明白答應後，近藤就微微點頭。

「我就相信你這句話吧。」接著他補上這麼幾句話。「……其實啊，平野哥，我對你已經有所了解。」

「有所了解？」

「第二Europa事件中，平野哥從犯人手下保護了天野河姊吧？」

「你怎麼知道……」這件事應該並未公開報導。

「啊，請不要介意。我是看到平野哥放完暑假後臉頰上貼著紗布，就想到也許是這麼回事。而且在第三Europa事件後，你也很多天沒來上課……所以我並不懷疑你會為了保護天野河姊而行動。只是，我看現充不順眼，所以先牽制你一下而已。」

「啥？現充？」

「你和天野河這種美少女交往，當然是現充吧！」

他突然發火了。

「我啊，本來是有著完全不接現充委託的主義。可是，平野哥，你是個男人，是男人中的男人……不惜用自己的性命去保護女主角……你都做出這麼英雄式的行動了，我總不能把你當成一般現充來排擠……」

近藤開始說得十分熱烈。我是聽不懂他的用詞，總之就是熱血得讓人喘不過氣。

「可是，我也是做生意的，不能免費幫忙。」

「我知道。」我吞了口水。

我事先聽涼介說過，所以本來就知道近藤的「交易」。然而，我一直到現在對這交易材料都無法有自信。「……是這個。」

我從外套口袋拿出一個信封。

我一放到桌上……

「我拜見一下。」近藤用他粗粗的手指抓起信封，拿出裡面的東西。

涼介掛保證說「這個一定行」，不知道是不是真的行。拿「這種東西」給這個硬派得不像高中生的人，真的會管用嗎？

近藤從信封裡拿出一張照片，盯著看了好一會兒。

上面拍到的是——

按住裙子，紅著臉的宇野宙海。

「——平野哥。」

「是、是。」我不由得鄭重起來。順便說一下，這是宇野在拍偶像選秀會用的ＰＶ時，涼介擅自拍下的照片。

近藤兩眼精光暴現地瞪著我，說了：

「還有沒有？」

「咦？」

「咳，只有這一張，還不足以打動我……」近藤嘴上這麼說，卻機靈地把照片塞進口袋。「再預付一張，事成之後的酬勞再三張。合計『5Universe』就成交。」

這是哪門子的單位啦。

「這……」我傻了眼。「拿這種東西當報酬，真的可以嗎？」

「當然可以了！」

近藤突然站起，椅子往後倒下。

「Universe姊，讓我感受到一般三次元女生所沒有的一種純情又惹人憐愛的二次元氣場！這種靦腆的少女表情！按住裙子然後剛剛好看不見的裙底風光！真不愧是山科哥，很懂！」

近藤用力握緊我的手。好痛。

「成交！」

對不起，Universe……我在心中道歉。

8

幾天後。

「平野哥，我查出來了！」「唔喔，嚇我一跳！」

突然在走廊上被近藤大聲叫住，讓我真的嚇到了。

「你查出什麼了啦？」「就是那個『犯人』啊。」「真的假的？這麼快？」「我認真起來就是這麼簡單。而且平野哥不也說很急嗎？」

我仔細看了看這個體格高大的校刊社社長。說正經的，這傢伙到底是何方神聖？

「就是這個。」

近藤一邊提防四周，一邊把手機畫面拿給我看。

「……這是什麼？」他拿給我看的畫面上拍到了像是教室的地方，裡頭有幾名學生。看制服就能立刻認出是月見野高中。

「就是這個人。」

接著他用粗粗的手指放大畫面。畫面上是個半張臉被黑色長髮遮住的人，臉色很白，表情憂鬱。

「……女的？」

「不，別看他這樣，是男的——一年D班，上戶樹希。」

「是學弟嗎？」

「是啊。然後，根據我調查的結果，他以前叫井田樹希。」

「井田……」這個姓氏我很耳熟。

「他和『井田正樹』是親戚關係。」

「井田正樹？喂，這……」

我不可能忘記。井田正樹，是初代「Europa」的本名。

「也就是說──」

近藤以充滿確信的聲調宣告：

「上戶樹希，『是Europa的親弟弟』。」

上戶樹希。

月見野高中一年D班，並未參加社團或委員會。屬於所謂回家社社員，似乎沒有要好的朋友，從國小就多次轉學，升上高中時搬來月見野市至今──我一邊回想近藤的調查結果，一邊從遠處望著這個男生。

「不會錯？」

「對。」

「說起來，你是怎麼知道他就是Europa的弟弟？」

現在我們已經離開教室前面，來到看得到操場的走廊。從二樓的窗戶，小心避免被對方發現，低頭窺看「上戶樹希」的情形。上戶坐在長椅上，身邊的花圃開著聖誕玫瑰，和這散發憂鬱氣息的少年顯得格外搭調。

「這牽扯到消息來源，所以我不能說得太詳細。」近藤以犀利的視線低頭看向窗外，一邊靜靜地說起。「平野哥知道『學校地下網站』嗎？」

「……知道。」

光聽到這個名稱，不好的記憶就在腦中復甦。那是用來寫關於學校各種情形的網際網路匿名布告欄，一時間十分流行，但這些網站被批判為霸凌的溫床，已經被視為社會問題。對我而言，這些網站隨著「Europa」寫下對星乃犯案預告的事實，成了一段苦澀的記憶。

「這次我接平野哥的委託，就想到要怎麼收集情報。」近藤低聲說明。「我想到既然是對天野河姊抱持惡意的人，也就很可能曾經與天野河姊有過某種交集。」

「然後呢？」

「只是，關鍵所在的天野河姊從轉學以來一次都不曾來上學，照常理推想，她和月高的學生或教職員也不會有交集。唯一有交集的就是平野哥你，還有你朋友山科哥和盛田姊這幾個人。這樣一來，能夠和天野河姊有交集的就是她上高中前，調查也就有必要回溯到她的國小與國中時代。」

近藤淡淡地說出自己的推理。

「只是，這又有別的問題。天野河姊從十歲到今天都過著所謂『繭居族』的生活。這樣一來，問題就在於她十歲前就與她有交集的人物身上，但對小女孩抱持惡意的理由實在很薄弱。這樣的話，就有點難想像對方是在現實世界對天野河姊產生惡意。」

我聽完也立刻想到。

「……所以才往網路找？」「對。」

近藤動起粗壯的脖子點頭，擺出像是空手道家那樣用力握緊雙拳的姿勢。

「就拿Europa事件來說，本來的開端也是網路上的騷動。而這次的調查對象是月高的人，那麼會留意學校地下網站也是很自然的。」

「的確……就是所謂『交流布告欄』嗎？」

「對。」近藤靜靜地點頭。「我做『這行』，從以前就每天都會收集這些和月高有關的情報。之前有過的『月高　交流布告欄』頁庫存檔就不用說了，懶人包網站上的留言和相關情報，我也都做成了資料庫。」

「簡直是諜報機關啊。」坦白說，我掩飾不住震驚。

「哪裡哪裡，這沒什麼了不起的。因為就只是讓程式去跑，自動存在硬碟就行了。不過也就因為這樣，我把有可能是這類月高人士寫的留言全都看了一遍。還有就是和社員們分頭進行，整理留言時間、所有班級上課時間、可以用手機的時間——從這些東西裡篩選出目標，尤其街坊鄰居的證詞更是特別派上了用場。」

「街坊鄰居？」

「盯上上戶樹希後，我就去他家附近『打聽』情報了。」

「你是警察喔？」

「這是調查的基本啊……然後，我問到一些他奶奶的傳聞，從裡面探聽到上戶的親戚因為鬧過很大的事情，才會搬來這裡——這樣的消息。我也從其他幾個管道求證過，所以想說先跟你報告一聲……」

「這樣啊……」我只覺得佩服之至，對他的行動力大感震驚。

「只是，上戶雖然是Europa的弟弟，卻不見得對天野河姊有惡意。還請你明白，這只是一個情報。」

「謝謝你，很夠了。」

的確，我不知道上戶樹希是否敵視星乃。只是，Europa的弟弟在「月見野高中」就讀——要說這只是巧合，機率實在太近乎奇蹟。

「多虧了你。」

「哪裡，這次是運氣好。一切都順利得讓我害怕。」

「呃，關於酬勞……」我翻找口袋，拿出信封。近藤接過去，查看信封裡裝的東西後，豎起大拇指說：「ＯＫ！」

「可是，拿這種東西當酬勞，真的可以嗎？」

「Universe姊就是有這樣的價值。畢竟我——」

近藤笑得露出一口白牙。

「是宇野宙海後援會的『No.1』會員！」

9

「所以就是這裡嘍？」

星乃抬頭看著一棟日式住宅，喃喃問起。

我從近藤口中得知「上戶樹希」的事情，短短四小時後，我和星乃已經站在這棟說是上戶所住的住宅前。

要說為什麼會變成這樣，事情極其單純，我一說起「Europa有弟弟」，星乃就眼睛暴出精光站起。我挑重點說完近藤的情報，結果就是「告訴我。」「咦？」「告訴我他住哪。」被她恨不得把我吞下去似的逼問，不知不覺間，我已經被迫把她帶來這裡。

上次的「騙子」發言以來，我和星乃之間有些尷尬。然而受到「Europa」這件事的強烈震撼，感覺這些尷尬現在都被趕走了。

我先仔細看了看眼前的住宅。

門牌上寫著「上戶」。如果近藤的消息沒錯，那個憂鬱少年——Europa的「弟弟」就住在這裡。庭院前有小小的金屬門，鐵條間的格子之多，讓人聯想到牢籠。

「喂，慢著慢著。」

星乃手伸向門鈴，我趕緊制止。

「你的手在幹嘛？」「妳叫他出來是打算怎麼辦？」「當然是要他招出Europa人在哪。」「真的假的？」「真的。」

Europa——井田正樹的下落，我們到現在還不知道。照理說他服完刑期，應該會立刻出獄，但連近藤的採訪都沒能查出他的下落。然而，這未必表示他不在這房子裡，而且不管他在不在，這裡都有危險。

「我先去見對方一面，妳找個地方躲起來。」

「我為什麼就得偷偷摸摸地躲起來？」

「妳知道對方是誰嗎？」

「就是因為知道啊。我絕對不會原諒傷害我媽媽的人。」

星乃強而有力地斷定，從連衣帽下露出的眼睛裡有著堅定的意志。

「總之我先看看情形。晚點我請妳吃炸蝦便當！好不好？」

就在我這麼安撫星乃的下一瞬間。

叮咚叮咚叮咚叮咚叮咚叮咚叮咚叮咚叮咚叮咚叮咚叮咚叮咚～～！

門鈴壞了似的連續響起。不用想也知道，連按門鈴的就是這個眼角上揚的黑髮少女。「喂，妳，搞什——」我說話時，她仍毫不留情地連續叮咚叮咚叮咚叮咚叮咚。

「笨蛋，妳，在搞——」

咚咚咚！少女走進庭院，來到玄關屋簷前，毫不客氣地敲起門來。還抓起門把，搖得喀啦喀啦響。

「來！快點！我知道你在家！趕快給我出來嗚唔！」

我先架住她再說。

「妳是昭和年代的討債集團嗎！」「喂，放開我！你到底站在誰那邊！」「就是站在妳這邊才阻止妳！」

我們還在拉拉扯扯。

「不、不好意思……你們好像在忙……」

一名瘦弱的少年戰戰兢兢地打開門，探頭出來。

「這、這樣會吵到鄰居，所以……要、要不要去外面談？」

五分鐘後。

我們在離上戶樹希住家不遠處的一間咖啡館，面對面坐著。

隔著一張方形木桌，我和星乃坐在靠前的位子，上戶樹希坐在對面。「檸檸、檸檬汁。」上戶點飲料的時候都結巴了。

就近一看，就免不了震驚。

以男生來說，他個子很矮，和星乃差不多，甚至比她還小。整體體格都很瘦小，肩膀很窄，從白襯衫袖子伸出的手和手指也都很細。細長的眼睛有些低垂，右眼被黑色長髮遮住。如果把某個知名的妖怪漫畫主角變性，或許就會變成這樣的人物。

「妳……」

當三人份的飲料送上桌，上戶開了口。

「妳是天野河學姊……對吧？」

「…………」

星乃不回答問題，狠狠瞪著對方。上戶被她瞪得嚇了一跳。不知道是不是怯懦，眨眼變得頻繁。

「這位，是……」上戶維持小心翼翼的態度看向我。

「我是平野，月高的二年級。」

「是、是嗎？」

「呃，不好意思，突然找上門。你是一年D班的上戶樹希……對吧？」

「是。」

他老實點點頭。

「今天，那個……」上戶窺看星乃的神色問起。「是為了家兄的事吧？」

「Europa現在人在哪？在哪裡做什麼？回到家了嗎？還好端端活著嗎？」

「妳慢著啦。」我立刻伸手制止話鋒有如機關槍的星乃。上戶似乎又害怕起來，雙手收到自己胸前。這種姿勢也很像女生。

「突然找上門，還問你一堆問題，我覺得很不好意思，可是……她的心情你也可以體會吧？」

我看著星乃之餘，對上戶也使了個眼色。

我自認在這幾句話裡加進了各式各樣的意思。Europa事件中，星乃母親的性命受到威脅，在網路上大受抨擊，至今還繼續跑出「第二」、「第三」Europa試圖危害她。她至少應該有權知道犯人現在在哪裡，做些什麼。

「家兄的，事件……」上戶垂著視線說起。「我覺得，很……過意不去。」

「………」星乃與我都默默等他說下去。

「天野河學姊，在第一學期，轉學過來的時候……我嚇了一跳，也覺得必須去道歉，才行……可是，我，提不起勇氣……」

——原來是這樣啊？

出乎意料地，上戶對兄長所做的案子懷有罪惡感，讓我吃了一驚。我本來以為對方會更厚起臉皮不認帳，或是百般迴避。

「Europa——呃，你老哥，為什麼會引發那樣的事件？如果你知道內情，麻煩告訴我們。」

「這……我也……」

「什麼事都可以。如果你對事件本身還有你哥知道些什麼，請全部告訴我們。」

「…………」上戶窺看我的神色，然後朝星乃瞥了一眼，接著大概又被瞪了，全身一顫之後——

「家、家兄他……」他不知所措地開始說了。

開始說上戶樹希與井田正樹——這兩兄弟的身世。

他們是同父異母的兄弟。井田三十歲引發「Europa事件」時，上戶才九歲。他們差了二十一歲。

Europa也就是井田正樹，在國中時代喪母，兩年後父親再婚。又過四年後，樹希出生。上戶是再婚對象的姓氏，他開始用這個姓氏是在事件之後。

井田正樹開始繭居是在大約二十五歲時。當時樹希才四歲，等到懂事的時候，兄長在他印象中就已經是個在隔壁房間睡懶覺，到傍晚才起床，然後通宵只顧著打電玩或上網的人。雖然偶爾會和雙親因為將來的事吵起來，但並未動用暴力，只會不高興地把自己關在房裡，讓樹希在隔壁房間聽見他刻意甩門的聲音。

之後過了五年，井田正樹繼續過著把自己關在房間的日子，除了洗澡、上廁所以及收郵購包裹等最基本非做不可的事以外，都不出來。

「——家兄完全不肯讓雙親進他房間，但有時候會讓我進去。雖然沒做任何特別的事，就只是一起打打電玩，吃吃零食，然而對我來說，他是個很文靜，對我很好的哥哥。可是，有一天——」

弟弟樹希滿九歲，兄長的繭居長達五年時。

事件發生了。

後來人稱「Europa事件」的這起事件，讓原本平靜的親子生活澈底改變。兄長因殺人未遂與入侵建物的罪名遭到逮捕，被人眾傳媒大肆報導。住家也遭到採訪記者圍堵，過著甚至無法外出的生活。警察進入住宅搜索，收押了大量電玩與電腦的情景深深烙印在當時九歲的弟弟腦海。事件發生後不到一年，雙親離婚，引發事件的兄長由父親扶養，樹希則由母親扶養。

「——我一直以為，這輩子再也見不到哥哥了……直到去年。」

我針對這句話追問。

「這麼說來，你見到了？」

「這……」上戶樹希說到這裡，瞥了手錶一眼說：「大概還趕得上會客時間吧。」

——會客時間？

「平野學長，還有，天野河，學姊。」

上戶來回看了看我們兩個，做出了令我們意想不到的宣告。

「可以請兩位，現在就去見家兄嗎？」

10

搭了大約四十分鐘的電車後，我們在山手線的某個車站下車。

我和星乃看著上戶樹希小小的背影，以及像是不同色版聖誕老人裝的淡咖啡色帽子，並肩跟在後面。我們當然覺得要提防，但能夠查出Europa所在的機會不可多得，星乃立刻同意，我也聽她的話。

我們去的地方是一處私立醫院。這棟蓋在東京都心黃金地段，有著整面落地窗的建築物顯得非常近代化，以潛伏在網路陰影下的「Europa」藏身之處而言，形象實在不太搭調。

我們搭電梯上到八樓，在寬廣的通道上轉了兩個彎就來到了病房前。

【八〇八號室　井田正樹】。

星乃吞了口水。多半是萬萬沒想到會以這樣的方式見到Europa。這種非現實感，就好像電視上的犯人從畫面裡爬了出來。

「可以嗎？」上戶回過頭來問我們。

我看向身旁，看見星乃微微點頭。先前明明一有空檔就要逼問，但現在就連她似乎也掩飾不住緊張。「Europa」這個字眼實在發生了太多事，沒辦法只用「老仇家」這麼幾個字帶過。

而現在——

「——哥，我要進去了。」

拉開滑門後，上戶靜靜朝內呼喊一聲。沒有人回答，但看得到裡頭有個角落的隔簾幕拉開。這單人房相當寬廣，給人一種高級旅館的印象。

「星乃……？」我跟著上戶走進病房後，星乃仍然站在門前不動。我這麼一喊，她就輕輕抿起嘴唇，悄悄踏進室內。不知道她想起了什麼，又或者是壓抑住了什麼，只見她的表情十分緊繃。

簾幕拉了開來。接著我們……

「哥，我今天帶了客人來——」

面對面了。

——什、麼？

眼前的光景實在太異樣，讓我說不出話。

井田正樹，從八卦節目上看到的他是個光頭，身材發福的人。現在卻十分瘦削，頭髮未經修剪，蓋住了枕頭。手臂上打著點滴，底下鋪著防止褥瘡的墊子，床是會像搖籃一樣搖動的電動床。

「哥，你清楚嗎？是客人來了。天野河星乃學姊，你記得吧？」

「…………」井田正樹即使聽到弟弟呼喚，仍然完全沒有反應。乍看之下，倒也像是昏迷不醒的病患，但他的眼球以高速四處張望，凝視著設置在床正上方的螢幕。右手握著無線滑鼠，指尖不斷按著滑鼠鍵。憂鬱的中年男子睡著還沉迷網路——眼前的光景讓我們只能如此理解，但他的眼球實在太一心一意地盯著螢幕看，手指高速挪動滑鼠，除此之外的部位一動也不動，情景非常異樣。

「他、他在做什麼？」

我忍不住問起。

「網路遊戲。」

「咦？」

「家兄在玩網路遊戲。」

「…………」接下來好一會兒，我們什麼話都說不出來。星乃默不作聲，我也不知道該說什麼才好，上戶也為難地看著我們。Europa不管我們，繼續打遊戲。

我正發著呆……

「開什麼玩笑……！」

少女大叫一聲，手放到至今未曾朝我們看上一眼的井田正樹的耳機上，一把抽掉。

「啊，不可以——」就在上戶想制止的那一瞬間。

嗚咕啊啊喔喔啊啊啊啊啊啊啊啊啊啊啊啊嗚嗚嗚啊啊啊——！！！！！

一陣不像這個世上會有的叫聲迴盪在病房內。

「嗚咕啊啊啊——！啊啊喔！咿嗚啊啊嗚啊啊啊——！」

病床上，井田正樹就像壞掉的玩具開了開關，瘋狂大鬧，拉倒點滴架，手腳亂擺，腦袋往床緣的柵欄撞個不停。護理師聽到騷動，來到室內。「沒事的！」「井田先生沒事的！你可以玩遊戲！沒事的！」他們拚命安撫他，男性護理師按住他的身體，其他護理師以熟練的動作幫他把耳機戴上耳朵，讓他握住滑鼠。這一來，井田不再手腳亂擺，又開始在床上凝視螢幕畫面。

我和星乃整個人緊貼病房牆壁，看著事態發展。就像野獸鬧過似的，枕頭掉到地上，床單也被倒下的點滴弄濕了一片。

「對、對不起，是我說明得不夠！」上戶轉過來面向我們。井田已經回到床上，護理師以熟練的動作俐落地幫他把衣服整理好。

「家、家兄他——」

上戶一臉正經，明白地宣告。

——完全沉陷在遊戲當中。

第二章　GHQ

1

冰涼的空氣中，白色的氣息吹出，隨即消散。

銀河莊二〇一號室。

與Europa的「會面」結束後的翌日，我放學後去觀察星乃的情形，發現她一如往常，坐在房間最裡面盯著電腦螢幕看。

——家兄他完全沉陷在遊戲當中。

聽到這句震撼告解的那天，我們直到最後都沒能對井田正樹說上一句話。離開病房後，上戶不斷對我們道歉，然後說明了「事情經過」。

他說Europa，也就是井田正樹服完刑期後，和父親一起住。井田由於有前科，求職四處碰壁，很快就回到和先前一樣的繭居生活，尤其變得非常依賴網路遊戲。

『發生異狀是在他出獄半年後。』上戶以凝重的表情說下去。有一天，室內傳來怪聲，父親去看看情形，發現井田正樹已經在病床上沒了呼吸。他被救護車送去醫院後，被診斷出極度營養失調與脫水症狀，於是緊急住院。

雖然幸運保住一命，但之後才是問題。井田恢復意識後，就猛烈地大吵大鬧起來。他大聲呼喊，破壞醫院的設備，拿自己的頭去撞牆。院方多方苦思因應之策，結果發現他玩網路遊戲的時候會變乖，於是就一直維持這樣的狀態至今。

——家兄變成一直在病房裡沉迷網路遊戲。家父也覺得只要能讓家兄安分下來就好，於是還幫他準備了螢幕。這裡的院長是家父的朋友，似乎方便通融。只是……

只要玩遊戲就會安分。這只是一種緩兵之計，井田正樹對遊戲的依賴愈來愈深。水分與營養都靠點滴取得，除了用安眠藥睡著的夜間，都只一心一意玩著網路遊戲。就算跟他說話，他也全無反應，但一妨礙他玩遊戲，立刻就是一陣地獄般的景象。

於是井田就深深陷在遊戲當中。

照常理推想，對患了電玩依賴症的患者採取這樣的處置是法理所不容的。二〇一八年，也就是明年，世界衛生組織（WHO）發表消息，認定「gaming disorder（電玩失調症）」——也就是電玩依賴症，屬於正式的精神疾病。本來電玩依賴症是需要治療的疾病，但井田正樹情形特殊，採取了特例的處置。考慮到一沒收遊戲，井田就會採取暴力行為，反覆進行自殘與傷害他人的行為，所以作為不得已的暫時性處置——對外說明為並非院方所準備，而是患者家屬帶進來的——對這樣的情形視而不見。井田正樹的父親與這間醫院的院長頗有交情，也是這種例外處置得到默許的背景原因。

——家父似乎已經放棄家兄。他連探望都不來，只打電話跟院長聯絡。我已經不知道該怎麼辦……

上戶垂頭喪氣，抱頭煩惱時，我們悄悄地坐下。

星乃以憤怒的表情瞪著虛空，肩膀微微顫動。不知道這是發自對井田的憤怒，還是對上戶的顧慮，我們無處宣洩內心累積的情緒，離開了醫院。

我就這麼回想昨天發生的事，一邊打開電腦，開始查起令我在意的事。

【GHQ Online】

正式名稱叫作《Galaxy HeadQuarter Online》，是一款可以用智慧型手機或網頁瀏覽器玩的網路遊戲。就是這款遊戲讓井田正樹著實玩得廢寢忘食，是在國內註冊人數達到十萬人，全球達到百萬人以上的人氣作品。

作品的世界觀是以廣大的銀河為舞台，讓玩家編成自己的原創宇宙艦隊，擔任「艦長」來逐步占領行星與空域。這宇宙分為三大勢力，分別是「Imperial（神聖銀河帝國）」、「Democrat（民主行星聯邦）」與「Pirates（宇宙海盜同盟）」，三者相互制衡。說穿了就像是以宇宙為舞台的《三國志》，但除了這三大勢力，還有專心生產武器與太空船，賣給雙方的「Merchant（死亡商人）」、借出戰力來換取報酬的「Soldier（傭兵艦隊）」，以及開拓邊境行星之後高價賣出的「Pioneer（開拓者）」等，能從各式各樣的定位來玩這款遊戲，就是這款遊戲的魅力所在。既可和朋友組成聯合艦隊，也可以當個孤狼，只在想打的時候參加會戰。

「註冊成功了嗎？」

「……註冊是註冊了。」星乃一邊有氣無力地回答，一邊繼續玩遊戲。

她似乎已經登入遊戲，整個畫面都是以太空景象為背景的地圖，一個大約三頭身比例的黑髮少女虛擬角色顯示在畫面上。大概是她自己設計的，還挺像的。看來是以太空船的艦長為概念，身上的服裝像是近未來的軍服。註冊的提督名是「Milkyway」——也就是天河。

「挺像的嘛……她左肩上這隻像鸚鵡的是？」

「是平野同學。」

「蝦咪？」我忍不住用關西腔吐槽。

「因為人多一點，開始時的艦隊數會比較多，而且反正你也要玩吧？」

「就算是這樣，為什麼是鸚鵡？」

「因為你嘰嘰喳喳的很吵，我就想說這樣正適合你。」

「我現在很清楚妳平常怎麼看我了。」

「好歹我還當你是『副官』。」

「沒關係嗎？」

「什麼事沒關係？」

我問起掛心的事。

「跟我……一起玩。怎麼說，妳不排斥嗎？」

我問這個是考慮到先前的「騙子」發言。星乃對來自未來的我抱有疑念，但現在她卻讓我待在她的艦隊裡，這讓我覺得不可思議。

星乃為難地放低視線，然後小聲說：

「……是為了贏。」

她喃喃回答。

我也不再多問。想來她的疑念與困惑都並未消解。可是現在，光是能夠並肩作戰就讓我覺得很夠了。

——那麼，這樣一來……

「妳選了什麼勢力？」

「Freelance（獨立艦隊）。」

「怎麼又這樣？這樣會缺東缺西吧？」

「要我當地球人的部下，開什麼玩笑？」

遊戲有三大勢力，但也可以選擇不參加任何勢力，以「Freelance」——也就是獨立艦隊的方式來玩。雖然有不必繳納稅金給軍方高層的好處，但相對地，也有無法指望得到友軍支援，以及資源購買價格與開發費用偏高的壞處。

「所以，『那傢伙』在哪？」

我把話題拉回來。

「這裡。」

星乃就以有著留得頗長的粉紅色指甲的手指指向一個點。

「…………」「…………」我們兩人都無言了。

不知道是巧合，還是有意。

「上戶……說得沒錯啊。」「就是啊……」

我們用有點沉重的語氣對話，一邊盯著這個光點看。

Europa也就是井田正樹所支配的空域，位於太陽系內。

木星。

而井田所掌管的註冊名稱寫著「Europa」，另外還有一位「副官」的名字。這個玩家名稱是——

【Ganymede】

——主謀的名字叫作「蓋尼米德（Ganymede）」。滿意了嗎？

戴貝雷帽的少女在我的腦海中笑了。

蓋尼米德……是Europa的同夥？還是說，Europa就是蓋尼米德？

往旁一看，少女默不作聲地咬緊嘴唇，以嚴肅的表情宣告：「……要開始了。」

2

「——怎麼樣？」

我這一問，坐在身旁的星乃就微微搖頭。

「完全無視。」「我想也是。」「竟然不理我，真是好大的膽子。也不想想自己是Europa。」

喀嘰喀嘰喀嘰喀嘰喀嘰——星乃連續點選畫面上的交談按鈕。「喂，別這樣。」我抓住少女的手。

我們一直在遊戲裡對「Europa」說話。GHQ Online也有這類遊戲通常都會提供的「交談功能」，讓玩家之間可以在遊戲內對話。我們想到可以用這個功能和Europa接觸，於是多方嘗試，但結果是落了空。

「親弟弟都被無視了，他又怎麼可能理我們呢……」

「滑鼠還我。」

「妳不要再瘋狂連點了。」我放下滑鼠，少女就不服氣地回去玩遊戲。她暫且放棄交談，重新打開艦隊營運指令。

「如果打個艦隊戰，他是不是會對我們有點興趣？」

「Europa的艦艇數大概多少？」

「約一萬艘。」

「我們呢？」

「三。」

「ＯＨ……」我忍不住發出美式嘆息。

就現狀而言，就算對他宣戰，對方大概也根本不會把我們當一回事吧。如果雙方的艦艇數在伯仲之間再來「進行會戰」，也許就可以用交談功能進行交涉。

不管怎麼說，總之眼前得先強化我軍。我們在這點取得共識，反覆執行「資源」、「開發」、「工廠」等生產類指令。《ＧＨＱ》的基本就是從屬於自己領土的行星採掘「資源」，然後靠這些資源建造「艦艇」，不斷進行這樣的過程來強化我軍艦隊。畫面上可以看到黑髮少女司令官舉起拳頭，一群開拓機器人在行星地面上努力挖掘。

但三十分鐘後。

「好單調。」

少女已經扔開了滑鼠。

「從剛剛就一直在挖洞開發開發資源資源……根本和太空無關嘛。」

「有什麼辦法呢？得先提升提督等級，增加艦艇數才行啊。」

「照這樣玩下去，都要過年了。」

「妳沒耐心，也許不適合這類遊戲吧……」

到頭來還是由我來握住滑鼠，幫她升級。儘管隱約有預料到，但我可沒想到才三十分鐘就輪到我上場了。我們司令官真的很三分鐘熱度。

「沒有更有效率的方法嗎？」星乃很沒規矩地躺著，開始用手機查看攻略網站。

「初期就是要腳踏實地開發根據地……這網站真沒用。啊！」

「怎麼了？」

星乃猛然坐起。

「用這個去買『虛擬貨幣』。」

星乃剝開錢包上的魔鬼氈，把一萬圓紙鈔塞給我。

「真理亞不是告訴過妳不可以課金嗎？」

上個月，星乃用郵購買了一大堆無人機零件，被真理亞知道，在惑井家被狠狠訓了一頓。莫名連我也被叫去，遭受池魚之殃，實在很慘。

星乃點選「購入」，打開「戰時調度」選單。這個指令的好處就是可以立刻買到各種現成的武器與虛擬寶物，但就是很貴。

「平野同學，你不是來自未來嗎？既然這樣，就該先從賽馬或自行車賽大撈一筆再來啊。」

「我不賭博，而且我才不記得哪匹馬跑贏。」

「這樣來自未來根本沒有好處嘛。」星乃毫不留情地一刀兩斷。「我想要這個叫作【海神破壞戟（Poseidon Crusher）】的寶物。」

「這要多少錢啦……等等，戰時調度八百星幣？呃～～一星幣是五圓，所以……一發要四千圓耶。妳白痴啊？乖乖選這個一發十圓的啦。」

「啊～～受不了。」少女胡亂揮動手腳發牢騷。「像Europa，短短『四個月』就養出那麼大的勢力耶……」

「別人家是別人家，我們家是我們家。」

我嘴上這麼說，但自己也覺得不對勁。

短短四個月。沒錯，井田正樹一開始應該也只是初學者，現在卻統治了太陽系的一顆主要行星，成了有名提督之一。附帶一提，太陽系內的每一個行星都很受歡迎，除了三大勢力以外的帳號，支配太陽系行星的就只有「Europa」一個。

他到底是怎麼占領下來的……

我用指令點開「銀河興亡史」，然後翻找過去會戰的轉播影片。先試著搜尋

「Europa」，但搜尋到的結果是零件。會戰的勝利者有權將影片設定為非公開，所以也許是井田正樹自己藏起來不給人看。尤其木星攻略戰的影片更讓我想看。

【會戰 #170802038 Europa vs BlueMountain in 木星】。

這段非公開影片裡列出了【Europa】、【成名戰】、【孔明的陷阱】等許多大概是觀眾感想的標籤，其中還有這麼一個吸引我注意的字眼。

【無敵艦隊】。

3

在這樣的情形下，過了幾天後。

「我們的艦艇增加到多少了？」「五百。」「好厲害啊，才短短幾天。」

我們「Milkyway」艦隊在這幾天內急速強化。說來也不奇怪，因為星乃急就章地寫出ＡＩ，二十四小時上線進行作戰行動，儘管有時會不斷撤退，仍穩紮穩打地逐步擴大支配空域。

「照這樣看來，我想下週就會上千了。」

「這步調會不會太快？」

「我註冊了多個帳號，把取得的資源和艦隊全都集中到『Milkyway』。」

「這是違規行為吧？」

「帳號不被BAN掉就好啊。」

「妳膽子可以不用這麼大……」

註冊多個帳號，以及使用作弊程式等各種舞弊行為都是規則明令禁止的。至於說帳號被BAN，就是指帳號被停權（BAN）的網路黑話。

──是不是讓她課金還比較好？

我看著這個作弊和違規都毫不猶豫的不良提督，打消了主意，心想現在才說這些也未免太遲。仔細想想，這個少女的個性就是這樣，根本沒把地球的常識當一回事。當她的副官，胃會痛。

我正想著這樣的念頭，畫面上就跳出新的選單。點下去一看，流星般的圓環在太空似的黑色背景轉了一會兒，然後切換畫面。

【會戰快報】

空域：GA－SS07－S02－038

提督：Europa(Freelance) vs BlueMountain(Imperial)

規模：☆☆☆☆☆ ☆☆☆☆☆
觀戰：〔即時觀戰請按此〕〔延時觀戰請按此〕

「哎呀，帝國軍的『BlueMountain』提督，那不就是……」
「是木星攻略戰的那個人啊？」
「所以這是復仇戰了。」星乃想通似的雙手抱胸。
這木星本來是帝國軍所占領的空域。有一天，無名提督「Europa」突然以閃擊戰進攻，攻陷了這裡。木星是帝國軍當中以易守難攻知名的要塞行星，所以這一戰同時也讓「Europa」的名號轟動了整個GHQ世界——攻略網站上對於這一戰的來龍去脈是這麼記載的。附帶一提，Europa是殺人未遂犯井田正樹這件事似乎沒有任何人發現，從這個觀點來看，Europa單純是以一名玩家的身分融入了遊戲當中。
「喔，來了來了……等等，這數量好猛啊，五萬耶。」
我不由得盯著畫面，查看顯示的數字。「BlueMountain」提督的艦隊數是五萬艘。在每日會戰排行榜上，兩軍艦艇數合計超過一萬艘，就肯定會名列前茅。
會戰的觀眾已經超過十萬人，而且還在加速度成長。這似乎是全球矚目的一戰，儘管已經把留言欄設定成只顯示日文留言，仍以極快的速度捲動。畫面被留言形成的暴風雨填滿。『有好戲看了。』『數目好猛。』『五萬咧……』『BluMa動真格了。』

『BluMa！BluMa！』各式各樣的文字接連跳出。

「為什麼叫BluMa？」

「似乎是BlueMountain提督的暱稱。」

——是近藤！他說Universe穿深藍色的運動褲一定很好看！

我一瞬間想起了那個喜歡三角運動褲的校刊社社長。（註：Blue Mountain的日文為ブルーマウンテン，略稱為ブルマ，讀音與三角運動褲的日文相同）

應該不會……吧？

「Europa的艦艇數是多少？」

「大約一萬艘。」

「這應該會很難打吧。」

果然，觀眾留言也很辛辣。『唉～～這下死了吧。』『Europa也真笨啊。』『誰叫他要跟帝國作對。』『我看只能投降或撤退吧。』大部分的人都是持這種看法。

然而，就像要和這些評論作對，畫面上有了動靜。

木星上空飛出了十個左右的光點。點開來一看，就顯示出「衛星連鎖砲（Constellation Laser）」這麼一個唸起來會讓人咬到舌頭的名稱。Constellation在英文中是「星座」的意思，提到衛星的Constellation，指的就是為了一定的目的，讓多顆人造衛星相互聯繫的系統。在現實社會，有GPS、觀測與網際網路等各式各樣的用途。

——在這個情形下，是拿來做什麼的？

答案立刻就揭曉了。輪到Europa回合的瞬間。

——！

先前散開的衛星閃爍了一下。就像Constellation這個單字的意思所示，像星座一樣閃發光，星星之間相互以直線連接起來，在太空中形成幾何紋路。

接著——

「唔喔……！」

忽然間，衛星射出了雷射，好幾道雷射在太空中自由亂竄。就像被釘在十字架上的罪人被人用長槍從四面八方攢刺，讓艦隊呈歪七扭八的形狀消失了一部分。『-1263』的數字以血一般的顏色顯示受創的艦艇數。

「第二射要來了。」

「哇！」

Europa毫不留情地持續攻擊，又大大削減了敵方艦隊的前鋒。『-1210』這個數字跳出來，與剛才的數字合計，已經有兩千艘以上的艦艇消失。對方有五萬艘，所以看起來只是一小部分，但換作是尋常艦隊，光這麼兩下子大概就足以讓對方喪失戰意。如果是總數只有一千艘的我們Milkyway艦隊，已經全軍覆沒。『好過分ｗｗｗ』『夠狠。』『這平衡做壞了吧。』『我也想要星座砲。』『但那是活動獎品，已經拿不到了耶。』

留言欄充滿了震驚的感想。

「那不是課金就能買的寶物喔？可惜。」

少女已經打開軍需工廠（虛擬寶物商店）找過她要的貨色，十分遺憾地嘀咕。「不要什麼都想用錢解決。」「近代戰爭就是靠經濟力在打的。」我們還在對話，戰況又有了變化。

——原來如此啊……

Europa的兵器固然厲害，但我更佩服他的對手BlueMountain提督。他看起來是只會往前衝，實際上這種艦隊運用卻是經過計算，能以受害最少的方式形成接近戰。「衛星連鎖砲」這種兵器，即使是在長程受到攻擊，也會損失超過一千艘的艦艇，所以如果磨蹭太久，轉眼間戰力就會大大受到削減。

還有另一點。

「威力減少了。」「果然是這麼回事啊……」當大艦隊移動到木星附近，衛星連鎖砲的威力就突然減半。本來一次超過一千艘的損害數量換成『-122』、『-137』這樣的數字，衛星之間不再相互連鎖。

「為什麼不連鎖了？」

「八成是因為那種連鎖攻擊不是那麼精準。這是用雷射亂掃，如果從那個位置發射，就會擊中木星——擊中自己人。」

「就像散彈槍是吧？BlueMountain提督相當有一套啊。」

「會就這麼分出勝敗嗎？」

最後一座衛星連鎖砲被擊潰，這次換Europa這一方失去了攻擊手段。相對地，BlueMountain提督的艦艇數是「45993」。雖然受到的損害頗大，但還留有九成的餘力。到木星的距離，多半只要再五回合就能抵達吧。

然而，接下來的部分才是問題。『要來啦。』『行星砲。』『嘰嘰喳喳……』『●REC』留言欄的留言也開始急速增加。

——會發生什麼事？

我和星乃吞著口水觀望，結果……

轟隆幾聲厚重的音效響起，木星表面有個「物體」出現。

「這……！」上面出現的物體從木星那像是「眼睛」的紋路（註：即木星大紅斑，是在木星赤道以南22°存在很久的巨大反氣旋風暴）跑了出來。那是個大得無法只用巨大兩字來形容的「砲台」，名稱叫作——

至高神之淚（Jupiter's Tear）。

——！

下一瞬間，一道光從木星的砲台竄起。光線在畫面上筆直竄過，穿透了大艦隊的中心。

『-7219』。

「不會吧……」星乃驚愕地喃喃自語。破壞兵器從極近距離命中，將射線上的艦艇化為星塵。幾分鐘後，多達五萬艘的大艦隊全都化為宇宙塵，整個畫面像是成了一整片馬尾藻海，只見無數艦艇殘骸在飄浮，不用看字樣也足以明白地宣告會戰的勝敗。

WIN！【Europa】136勝－0敗－0平（136場會戰）RANK：1（UP！）

他的成績確實是壓倒性的。連一場平局都沒有，是不折不扣的全勝。這場會戰似乎更讓他升上了提督排行榜第一名。

「…………」「…………」我和星乃都沉默了，什麼話都說不出口。這個對手攻防兩方面的表現都毫無破綻，讓人只能絕望。

螢幕上跑過這樣的留言，彷彿聽得見觀眾的嘆息。

『這種根本犯規吧……』

4

這樣的事情發生後過了幾天。

「氣死我啦————！」暴躁的少女今天也繼續在破壞鍵盤。她對遊戲——說得更精確點，是對自己寫出來的模擬程式發出懊惱的叫聲。

「模擬戰，妳打了幾次？」「兩百二十戰。」「勝敗呢？」「…………」

少女噘起嘴脣，撇開臉。

——嗯～

實際上，我也不是不懂星乃為什麼會發脾氣。我這陣子也跟「虛擬Europa」打了三十場左右，但完全不是對手。

首先第一道關卡是「衛星連鎖砲」。十二個軍事衛星發出的雷射會從遠距離就把敵人燒個精光，阻止敵人接近。

接著是第二道關卡「至高神之淚」。只要挨到一砲，艦隊正中央就會被轟出個大洞。還來不及重整態勢就挨到第二砲，那就肯定會全滅。

【提督排行榜】

第1名【Europa】(Freelance)　143勝－0敗－0平（143場會戰）

第2名【BlueMountain】(Imperial)　319勝－2敗－5平（326場會戰）
第3名【TONTORO】(Freelance)　237勝－18敗－15平（270場會戰）
第4名【Takayan】(Democrat)　228勝－19敗－21平（268場會戰）
第5名【NaGa】(Pirates)　236勝－30敗－19平（285場會戰）

「好了，該怎麼辦呢……」

我不知不覺間自言自語，看著排行榜資料。BlueMountain提督打了三百場以上卻只有兩敗，的確非常驚人，但還是敵不過Europa。要怎樣才能給他好看……

「嗯……？」

這個時候，我忽然發現了一個令我在意的點。

「我說星乃。」「幹嘛啦？」

星乃在跟虛擬Europa打第兩百二十二場，並且不高興地回應。

「寫在這裡的『平手』，是什麼樣的情形？」

BlueMountain提督的戰績當中，平局是「5」，其他提督也分別有「15」、「21」、「19」。這樣看來，Europa的平局場數是「0」就顯得很不自然。

「GHQ裡會判定成平局的情形大致上有三種。」

少女日夜埋頭在玩網路遊戲，精通規則，回答得十分順暢。

「第一是『停戰』。一方提議『我們停戰吧』，對方也答應，『停戰』就會成立。這在戰績上就會被列為平局，幾乎所有平局都是這樣的情形。另一種是『同數』。」

「同數？」

「彼此損失的艦艇數剛好一樣的情形。雖然很少發生，但打多了會戰，偶爾會遇到一致的情形。我的艦隊不也有一場平局嗎？那就是剛好敵我雙方的損害是『同數』。」

「啊～就和格鬥遊戲一樣啊？」

「就是這麼回事。」

我玩格鬥遊戲也偶爾會遇到剩下血條一樣長，變成平局的情形。

「第三種呢？」

「『兩軍全滅』。碰巧兩軍都在同一回合全軍覆沒的情形。尤其在初期，艦艇數量少，同時扣到『0』所以變成平手的情形還挺多的。」

「嗯～～……」同戰；同數；兩軍全滅。這三種情形會變成「平局」。到這裡我懂了。記得一開始在官方網站上也瞄過一眼，但不是什麼太重要的規則，所以我根本沒放在心上。

「為什麼Europa的平局場數會是『0』？他都打了一百場以上。」

「那種事……啊啊！」

星乃扔開滑鼠，靠到椅背上。似乎又輸了。

「我是從網路上看到的消息。」她就像個鬧脾氣的孩子一樣躺下來，把埋在沙發上的臉露出一半。

「Europa就算遇到對方要求『停戰』也絕對不答應，會戰中會澈底消滅敵人，所以不會變成『同數』。當然也不曾打成『兩軍全滅』。」

「這樣啊……」

懂是懂了，但總覺得不太對勁。Europa的平局數「0」這個數字。全戰全勝。

我拿出手機，從最近的來電紀錄撥打電話。

等了一會兒後，對方接了電話。

『喂……？平野學長？』

「上戶，我有些事情想問你，你老哥——」

我對上戶問了幾個關於他哥哥的問題。「嗯，這樣啊……啊，不會，很夠了。不好意思突然打給你，再見。」說完掛了電話。

「你跟他說什麼？」星乃狐疑地問起。

「計畫決定了。」

我看著提督排行榜，說出一個提議。

「『我們不需要贏』。」

5

到了翌日。

「……對方上線了。」

星乃有點鄭重地告訴我。

昨天我試著對星乃說起臨時想到的「計畫」。起初星乃聽得狐疑，後來則吃驚地睜大眼睛，回答：「……也許行得通。」她昨天一直進行模擬演練到深夜，把計畫細節精鍊到底，終於要在今天執行。

【宣戰】

她以指甲很長的指尖靜靜按下指令。

十秒後。

「Europa接受會戰了。」

「眼前最大的難關是過了啊。」

當雙方在GHQ提督排行榜上的提督等級相差太多時，也會遇到對方不接受會戰的情形。畢竟打倒等級低的對手，排名也上升不了多少，反倒是輸了就會導致排名大幅下降。也就是說，我們屬於那種風險高但報酬少的對手。

「Europa大概很想找人對戰。」

星乃淡淡地發表她的推理。

「最近他打了七場，但每一場都是對方在交火前就先撤退。勝利是勝利沒錯，但就遊戲來說應該很無聊。其實他應該想打更像樣的戰鬥。」

「原來如此，所以才願意接受像我們這種弱小艦隊的挑戰啊。」

「就是這麼回事。還有，不用說弱小。」

星乃鼓起臉頰。她不認輸的個性在玩遊戲時也沒什麼兩樣。

【Europa(Freelance) vs Milkyway(Freelance)】

「要開始了。」

正面的大型螢幕上顯示出對戰組合。畫面右側開始有觀眾的即時留言在跑。『還有人要跟Europa打啊？』『叫Milkyway，誰啊？』『排名第23058名？』『這渣渣吧。』『好弱！』這些人寫得肆無忌憚。接著有人猛烈留言反駁：『囉唆。』『閉嘴看著就對了。』『我才不是渣渣。』

「住手，不要和觀眾吵架。」「誰叫這些地球人那麼無禮。」「敵人不是他們。」

我對這個這麼容易就被挑釁的少女感到傻眼之餘，自己也寫了留言。『不好意思啊，我今天就要退出，想打一場來留念，大家幫我加油啦。』

「……這是怎樣？我可沒有要退出。」星乃納悶地看著我。

「這是為了拉攏觀眾。」

「拉攏地球人也沒有用處。」

「對方肯定也在看這留言欄。既然這樣，站在我們這邊的人總是愈多愈好。」

這次的計畫，最大的關鍵點就在於對方的心理會如何變動。Europa一直以來都在匿名布告欄做出醒目的言行，這個留言欄至少有幾千名觀眾，他也在看的機率極高。

【Milkyway的回合】

語音軟體靜靜宣告會戰開打。會戰固定由進攻方先攻，星乃下了「將艦隊在作戰空域展開」的指令。Milkyway艦隊立刻往畫面右上方，距離敵陣最遠的地方出動。艦艇數目顯示『1000』。留言欄跑出失望的發言。『才1000。』『好少！』『真的是來留念的喔？』

【Europa的回合】

語音軟體這麼宣告，就輪到對方的回合。畫面顯示『衛星連鎖砲・展開』。

「馬上就出現了啊。」

【Milkyway的回合】

「輸入敵方衛星座標。防禦陣形D004B。」星乃用對講機指揮，她的指令反映在畫面上。艦隊一口氣散開，陣形變得像是隨機飄散的櫻花花瓣。留言欄跑出『這是怎樣？』『火力會下降吧。』『有夠外行。』

艦隊要組成密集陣形才能夠發揮火力。即使是處在防禦的情形下，如果散得太開，指揮命令系統就會變得散漫，讓行動慢半拍。星乃做的事情豈止是不按牌理出牌，以軍隊而言，就是特意讓每個人都分頭採取行動，弄得像一盤散沙。這種部署簡直在請敵人將自己個個擊破。

【Europa的回合】

「要來了。」「嗯。」我吞了口水，做出覺悟。我方的艦艇只有一千艘，一旦搞砸，一次就會被擊潰。

「Europa：衛星連鎖砲　一齊掃射。」

衛星發出光芒，以光條相互連接。光條漸漸變粗，像是能量得到增幅，然後雷射一口氣發射出來。彷彿一次撞飛好幾顆撞球，多道雷射在畫面上亂竄，射向我們的艦隊。『收工了。』『全滅。』『真無聊。』留言欄有整排預測戰鬥將要結束的留言。

但觀眾的預測遭到顛覆。雷射全都從艦隊的「空隙」穿過，飛向宇宙的遠方。這就像是朝鐵絲網發射霰彈槍，所有子彈卻都從空格中穿過的奇蹟。

接著畫面上顯示出艦艇損失數。

『0』。

「好耶！」星乃擺出小小的握拳姿勢。

當然，這並不是發生了奇蹟，一切都是經過計算的。星乃進行了無數次模擬推演，針對Europa的衛星連鎖砲在什麼樣的配置下會以什麼樣的角度發射收集了樣本資料，把所有艦艇都配置在雷射打不到的座標上。畫面看起來只是隨機散開，但所有配置都經過縝密的計算。

「輸入敵方衛星座標。防禦陣形C005F。」

接著衛星連鎖砲又是一波一齊掃射。就像變魔術一樣，所有雷射再度從艦艇間的縫隙穿過，損失艦艇數為『0』。『這是什麼情形？』『好猛啊啊啊。』『這是魔法嗎？』留言欄的觀眾也開始狂熱。氣氛漸漸炒熱起來了。

接著計畫進入第二階段。

【Europa的回合】待機。

【Milkyway的回合】待機。

【Europa的回合】待機。

【Milkyway的回合】待機。

先前有雷射掃過的空域急轉直下，找回了暴風雨翌日清晨般的寂靜。彼此都選擇「待機」指令，只有時間不斷經過。轉眼間，十回合過去了。

「一直不出來啊……」

「應該是在提防我們吧。」

「平野同學，去激他。」

「啥？」

「去激他啊，在留言欄。這種卑鄙的把戲你不是很拿手嗎？」

「妳基本上都很失禮啊。」我反脣相譏，但也搞懂了星乃的意圖，於是敲打鍵盤，開始在留言欄輸入。

『咦？』『結束啦？』『Europa也沒什麼了不起嘛。』『Europa好寒酸。』『只會作弊。』『唉～讓人幻滅。』『BluMa還比較厲害。』『Europa超弱的啦～～』——

效果非常顯著。

【Europa的回合】至高神之淚，開始瞄準。

挑釁成功。

「後退！」星乃立刻發出指令，以驚險的距離躲過敵方的巨大雷射。換作是劍術，這攻防的驚險程度就像有幾根頭髮被斬斷飄落。這也和事先用程式計算出來的結果相符，而損失艦艇數又是『0』。

——話說回來，這丫頭的直覺實在了不起啊。

我為星乃的「預判」咂嘴。

雖然有著事先用程式算好的行動，但照理說程式應該沒辦法連敵方按下雷射發射鈕的時機都算出來。GHQ是回合制的遊戲，但防禦方可以在對方輪到行動回合前，事先打進防禦隊形與撤退指令來準備。

也就是說，最終決定勝敗的就是「互相揣判」。

【Europa的回合】待機。

【Milkyway的回合】待機。

接著又陷入和先前一樣的膠著狀態。

時間繼續經過。等到超過四十回合，留言欄開始出現各種竊竊私語。

『這……』『如果就這樣結束，會怎麼樣？』『咦？』『兩邊損失的艦艇數都是0。』『平局？』『對喔，是平局。』『Europa的完美紀錄要中斷了嗎？』

我們的目的從一開始就不是攻略木星。我們雖然屬於攻方，卻留在遠處貫徹防守，只是無意義地消耗回合數——我們佯裝這樣，但真正的意圖只有一個。

【平局】。如果雙方損失的艦艇數相同，時間用完後進行戰績判定時就會判為「損害數相同」——也就是平局。本來平局並不會讓Europa方蒙受任何損失，應該是不痛不癢，頂多只是消耗少量的彈藥，但這次不一樣。

【提督排行榜】

第1名【Europa】143勝－0敗－0平（143場會戰）

這完美的戰績將首次出現「1平」，而且對手並非大名鼎鼎的提督，而是「排行榜上第23058名」的弱小對手。

——哥哥自尊心很高。

上戶樹希透過電話跟我說了兄長井田正樹的情形。說不管是對玩家、對電腦，家兄都非常要強好勝。對GHQ這種勝敗場數會留下紀錄的遊戲，應該會更拘泥在「勝利」——上戶將兄長這樣的個性傾向告訴了我。Europa是個自我顯示欲很強，受尊敬欲很強的人物——這和以前我們針對匿名布告欄進行「文字探勘（Text Mining）」的結果也符合。

【第四十五回合】

當這個播報在畫面上跑過時，事態終於有了動靜。

【Europa的回合】出擊／出擊／出擊

「看來對方也差不多發現了啊。」

發現我們的艦隊始終只是誘餌，從一開始就沒打算對戰。

【第五十回合】

——只差一點了……！

當我們懷抱這淡淡期望的時候。

對方出現了。

「那、那是，什麼……？」星乃不由得發出驚呼。

木星表面上出現了過去從來不曾見過的「艦艇」。一張尺寸遠非其他艦艇所能相比的巨大戰艦插畫浮現在木星近處，游標對過去一看，就顯示出『Europa：1（☆Flagship）的字樣。

Flagship——也就是「旗艦」。這是司令官親自搭乘的艦艇，說來就等於頭目。GHQ的規則中，「破壞旗艦=勝利」。只要破壞這艘旗艦，先前所有戰績都會扯平，是可以讓人反敗為勝的存在。但他的旗艦並非尋常戰艦。

【Shield:30000】

「咦？」「啊？」照常理來想，不可能跑出這種數字。這樣的護盾設定等於在說這一艘戰艦能夠承受三萬艘份的損傷。我們在這個時候才知道標籤當中的「無敵艦隊」真正的含意。「就是這傢伙」。這艘旗艦就是無敵的代名詞。

「護盾三萬？哼，這種東西……！」

這時我們艦隊司令官扯起了嗓子。

「戰時調度……！」

——啥！

少女手上握著一種物體。那是預付卡，看得到上面寫著「CyberMoney 100,100」，而且不只一張。

星乃以躍動的手指將印在這些卡片上的代碼輸入。

「我以虛擬貨幣為祭品，召喚海神破壞戟！」

「不要說得像是紙牌遊戲！明明就只是在課金！」

「繼續召喚！」

少女終於染指了禁忌的果實，將手上的電子貨幣——多半是偷偷用郵購買的——全都輸入到自己的帳號。

「反擊的時候到啦！——海神啊，現在就是時候，在太空的汪洋中展現祢的威力，揮出破壞戟吧！」

司令官的命令響徹整個大宇宙。

「海神破壞戟————！」（4000圓）

我方艦隊迸發閃電般的閃光，並且命中敵方「旗艦」。

【Shield:29890】

於是猛烈的反擊開始了。

「海神破壞戟——！」（4000圓）「喂！」

「海神破壞戟——！」（4000圓）「妳慢……！」

「海神破壞戟——！」（4000圓）「笨……！」

「海神破壞戟——！」（4000圓）「閣下！」

「海神破壞戟——！」（4000圓）「請妳！」

「海神破壞戟——！」（4000圓）「鎮定點！」

一發四千圓的火砲毫不吝惜地射出，射向敵方「旗艦」。【29788】、【29673】、【29560】、【29464】，敵方的護盾呈加速度減少，簡直像倒數讀秒一樣愈來愈快。我試圖阻止失去理智的司令官，但她似乎已經輸入連射指令，即使我架住少女，「海神破壞戟」（4000圓）仍然停不下來，這種像是把整疊鈔票往水溝裡扔的攻擊繼續進行。

於是幾分鐘後。

「海神破壞戟————！」

星乃喊出特別大的一聲後，敵方的護盾終於降到『0』。

「啊……」這一瞬間，旗艦竄出光芒。光芒就像黎明似的掩蓋整個畫面，然後發生了大規模的爆炸。

【YOU WIN!】

「唔……」「喔……」我們兩人低呼了一會兒後……

「「贏啦啊啊啊啊啊！」」

兩人一起舉起雙拳，擺出握拳姿勢。

然而，這也只有一瞬間。

「啊……」星乃和我對看一眼，有點不知所措地撇開臉。她的臉很紅。

畫面上就像電影結束後捲動的片尾名單，顯示現在這場會戰的結果。

上面以紅字標出了【耗用軍資金】的項目。這是今天用掉的錢。

【236,800星幣】

「這……」金額實在太大，讓我不得不問。「換算成日圓大概是多少錢啊？」

「呃，那個，還好啦，嗯～～……」少女吞吞吐吐了一會兒後，小聲說：

「……一百萬圓，左右？」

幾天後，我們被真理亞狠狠訓了一頓。

6

「要上啦。」「嗯。」

勝利的餘韻尚未冷卻，少女喀的一聲按下了一個指令。

【Chat】——要求和其他玩家「對話」。這是網路遊戲上常見的功能。但至今我們用這個方法，全都落了空。

停頓大約有一分鐘左右。

【Europa】幹嘛

——！

「通了。」「唔喔……」

只要打贏會戰，Europa——井田正樹多半就會對我們有反應。我們就是為了這個目的才努力走到這一步，但真的一步步順利進行下來，就有種不可思議的心情。這是否表示對對方而言，遊戲的勝敗就是如此重要呢？

「…………」星乃不吭聲。

畫面上，寫著「Europa」的虛擬角色在動。這個男性虛擬角色全身穿著近未來風格的軍服，手背在身後，囂張地站著。雖然和Europa本人一點都不像，只有一對顯得有點神經質的眼睛倒是有點讓人聯想到他本人。背景則多半是走艦艇指揮室風格吧。

Europa——本名井田正樹，曾將星乃一家人推入谷底的人。之前在醫院見到時，他無法正常與人溝通——應該說他根本並未認知到其他人——也許可以說這一瞬間是暌違七年後真正像樣的「重逢」。考慮到當年井田正樹遭到警方以現行犯逮捕，之後在獄中服刑，這就是星乃第一次直接和他說話。

「我來吧。」

我從不吭聲的少女手中接過滑鼠，改接上我這邊的外接鍵盤。

要讓這個少女直接和Europa說話，我還是會抗拒。哪怕是隔著網路，活生生的人說出來的話仍然會傷到活生生的心。也許只是負責打鍵盤，但我仍舊想當星乃的緩衝墊。

所以我成了她的影子寫手。

【Milkyway】剛才辛苦了。打得真過癮首先是不痛不癢的招呼。對方並不知道我方的底細，所以要扮演尋常玩家，說這樣的社交辭令比較保險。

【Europa】該死
【Europa】我萬萬沒想到會打輸
【Europa】你課金也課太凶了

他的回答內容透出了懊惱。

星乃仍然緊緊抱著布偶，一動也不動，盯著畫面看。我用眼角餘光看著她，一邊進行不痛不癢的對話，繼續觀望一陣子。

【Milkyway】一百萬左右
【Europa】你白痴啊
【Milkyway】你也課了不少吧
【Europa】也是啦
【Milkyway】你的旗艦好猛啊。嚇死我了

【Europa】啊啊，那是別人給我的

——別人給的？

這句話讓我覺得不對勁。

【Milkyway】誰給的？

【Europa】是誰都不重要吧

【Milkyway】該不會是，蓋尼米德？

【Europa】

【Europa】

「奇怪？」

不再有回應了。嚴格說來，是對方按下送出留言的按鈕，內容卻變成「空白」。

是遊戲出問題，還是被我說中了——

下一瞬間。

【Europa】蓋尼米德

【Europa】蓋尼米德是

【Europa】蓋、蓋蓋、蓋尼米德是

【Europa】蓋蓋蓋蓋尼尼尼尼

【Europa】尼米德蓋尼米米米米米米

「等等，這是怎樣？」星乃出聲了。

「會是Bug嗎？」

我覺得情形不對勁，於是在留言欄打了：「怎麼了？」

結果……

【Europa】ㄐ救ㄇㄇㄇㄇㄇ啊啊啊

「我說啊——」星乃忽然指向畫面。「『Europa背後，是不是有別人在』？」

她所指之處站著Europa提督的虛擬角色，而這角色背後似乎有個黑黑的影子，和他的身影重合。起初我還以為是在描繪虛擬角色的影子，但仔細一看，就發現形狀有著微妙的出入。

彷彿背後靈似的，一個黑色的人形「影子」「站在Europa身後」。

「好噁喔，這個……是怎樣？」感覺就像從大合照裡找到了鬼影。這「人影」默默貼在Europa的背後。

「這該不會是註冊為副官的【Ganymede】——」我這句話說到一半。

喀鏘。畫面上，他背後的「窗戶」突然破了。當我驚覺不對，船艙內的空氣已經被吸到太空，Europa的身體也被這股吸力吸往窗外。等Europa飛向太空的遠方，窗戶就像倒轉影片似的恢復原狀，玻璃也完全修復好。

最後這一瞬間，畫面上顯示出這樣的留言。

【Europa】axsnblngc

「這什麼？」「ax……咦？」

這時，我手上的手機響了，畫面上顯示的名字是「上戶樹希」。

我心想來得正好。先前Europa的情形顯然不正常，也許弟弟觀察兄長的情形，發現了什麼異狀。

我這麼想，接起電話一聽。

『平、平、平野學長……！』上戶樹希破音喊著我的名字。

他平常情緒張力偏低，很難得這樣。我懷著這種感想，一邊反問：「怎麼了？」

『家兄他——』

接著他回答的話讓我差點手機脫手。

『跳樓了。』

第三章　剽竊犯

1

■病患從病房墜樓　ＪＰ通信社

昨天下午，東京都內的永石綜合病院發生了病患從病房窗戶墜樓的意外。男性倒在醫院陽台上，被員工發現。

男性是住院病患，疑似從八樓病房的窗戶墜樓，據說玻璃窗破了。男性全身受到劇烈撞擊，雖然立刻接受治療，但現在意識不明。警方正在調查墜樓時的情形，將釐清當天醫院的態勢，以及玻璃窗強度是否足夠等問題……

不知道該不該說是不幸中的大幸，井田正樹保住了性命。照理說，從八樓的窗戶摔下去，基本上不會活命，但他摔落到一半撞到六樓附近的陽台柵欄，就這麼摔在六樓的陽台上。不知道是要怎麼摔才會弄成這樣。

『家兄是自己跳樓的。』

上戶一臉憔悴地說起事情原委。他似乎才剛接受過警方偵訊，顯得精疲力盡。

『昨天家兄似乎對遊戲非常熱衷，看在旁人眼裡，狀態顯得非常鎮定。可是，等我去上個廁所回來，玻璃窗已經破掉……』

接著上戶以這樣的說法，將他覺得不對勁的情形告訴我：

『這是後來看攝影機畫面才知道的——家兄似乎在害怕什麼。啊，那個，我也不太會形容，可是……就好像，是想從一種「看不見的敵人」面前，逃走似的，拔腿就跑……然後，就破窗，跳樓了……』

我講電話時，星乃就在我身旁默默聽著。她看似尚未整理好心情，不知該如何接受這次的事態。

——是玩遊戲輸了想發洩？

我一瞬間想到這個可能性，但又覺得不太對。用交談功能談話時，Europa——井田正樹的確顯得不高興，但對話本身是成立的，而且也不像是處在會突然跳樓的情緒。會想到有問題的，反而是當時出現在Europa背後的那個「黑色人影」。當那個人影一出現，Europa的虛擬角色就被拋到太空船的窗外去了。而井田正樹也在同樣的時間穿破醫院的窗戶，摔下樓。感覺就好像有種連結，讓遊戲世界侵蝕了現實世界。

那個影子，到底是怎麼回事……？果然是——

蓋尼米德？

2

銀河莊二〇一號室。

冬天冰涼的空氣中，和在外面一樣，我呼出了白色氣息。

「我買炸蝦便當來啦。」

我打開艙門走進去，少女就在裡面抬起頭，然後撥開地上的破銅爛鐵，一路來到便當前。

「沒有炸蝦券啊。」「今天好像不給。」「只差一張就滿五張了耶。」「下次我會要到的。」「你之前也講過這種話，但都沒要來。你應該沒有自己暗藏起來吧？」「不好意思，我沒落魄成那樣。」

我隱約想起自己在「第一輪」翻找過了有效期限的炸蝦券那件事，但這時候提這個也不是辦法。

「下次一定要討來。還有——」星乃察看炸蝦便當附的塔塔醬，並且繼續說：「平野同學你每次都會去買炸蝦便當過來，這是『第一輪』的知識？」

「咦？」

「因為你對我的喜好瞭如指掌，才會經常買炸蝦便當來吧？」

「嗯、嗯……」

看到她懷疑似的眼神，我沒辦法好好回話。

「……這樣啊。」星乃像要結束對話般短短回答一聲，就拿著便當回到房間最裡面去了。

唉……我不由得輕輕嘆了口氣。

星乃與我之間，自從那「騙子」發言以來就一直有疙瘩。玩網路遊戲的時候不太有感覺到，但像這樣回到日常生活當中，就在在感受到一種疏離感。鴻溝、戒心、心的距離。這些東西擋在我與星乃之間，讓我們兩人變得就像沒了油的齒輪一樣，關係十分生硬。如果要舉例，就像是夫妻吵架沒和好卻繼續一起生活的尷尬。

——現在才在意這些也不是辦法。

我一口氣喝完茶，振作起來，面向電腦。現在我只能專心做該做的事。

【Europa】axsnblngc

畫面上浮現著這行字。

「艾克斯……斯尼？」

即使仔細看，我還是完全不會唸這個字母排列。就算搜尋「axsnblngc」，也沒跑出任何像是這麼回事的搜尋結果。

Europa為什麼要說這種話……？我覺得當時他打出的最後這行字，就像是死前訊息。我想到也許是易位構詞，於是試著替換順序，但還是不順利，何況母音就只有一個「a」，要構成單字實在有困難。

正當我苦於解謎時——

「——我懂了。」

「咦？」

回頭一看，便看到少女的臉孔。

「妳弄懂什麼了？」「Europa說的話。」

一陣鍵盤聲響起，畫面上跑出「axsnblngc」這個字串。又是一陣敲打鍵盤的聲響，畫面上的「axsnblngc」拆成了「axsnbl」和『ngc」。

「NGC這個詞，有沒有覺得耳熟？」

「偶像團體？」

「那是NGT吧？」星乃翻白眼。比起看到她不知所措，現在我覺得她像以前那樣冷淡對我還讓我比較舒暢。「NGC，喜歡太空的人不覺得馬上會想到答案嗎？」

「NGC，太空……啊！」

聽她說到這裡，我想到了答案。

「New General Catalogue?」

「就是這個。」星乃靜靜地點了點頭。

NGC——「New General Catalogue」，是歷史悠久的著名天體表。於一八八八年編纂，記載了多達七八四〇個星雲與星團。與梅西耶天體表並列，用於星雲的編號，例如因為被設定為超人力霸王故鄉而知名的「M78星雲」，就是「M78・NGC2068」，每個星雲與星團，在梅西耶天體表與NGC天體表上往往都有編號。只要是天文迷，都會很熟悉這些星雲編號。

「為什麼Europa會提起天體表?而且，剩下的『axsnbl』又是?」

「既然知道『ngc』是天體表，剩下的就可以找出關連來解析了。例如正中央的『nbl』，只要想這也是某種縮寫，馬上想到的就是『nebula』——星雲，對吧?」

「啊啊～」我有點信服了。「那『axs』也和太空有關?」

「這不太好懂，不過八成是access的簡寫。」

星乃敲打鍵盤，將解答顯示在畫面上。

『access nebula ngc』。

「叫我們……去查星雲表?」

「當時Europa有求救的跡象。我是沒打算救他，不過有些東西藏在這個訊息裡。

『access』多半是指網路上的內容或網站，『nebula』指的是網站名稱之類，『ngc』則是那裡的密碼，又或者是希望我們把『nbl』當成星雲來解釋的提示。」

「為什麼要這麼拐彎抹角？」

「不曉得。只是，他是情急之下只來得及說這些，還是不想被其他人知道呢？」

「例如被蓋尼米德知道？」

「……不曉得。」星乃始終不斷定。「畢竟到這一步的推理全都是假設。」

她是這麼說，但我覺得她猜中了。對以「外星人」知名的星乃，送出和太空有關的加密文。

「那有辦法用『nebula』篩選出網站嗎？腳踏實地一一去查……」

「那會沒完沒了。與其那樣查，我想大概是『這裡』。」

星乃指向一個網站。

【nebuloud】太空時代的雲端服務　nebuloud.com

「雲端服務……？」

「如果Europa想告訴我們什麼訊息，比起一般網站，他很可能會選擇這種雲端服務或會員制網站之類的方式。這樣一想，就會想到這個雲端服務。『nebuloud』是從

『nebula』和『cloud』這兩個單字拼湊出來的造語。Europa提起『星雲』，讓我聯想到『雲』（Cloud），也符合這個推想。」

「會不會是巧合？這樣的雲端服務，還有很多家吧？」

「不會……你看。」

星乃打了ID與密碼，輕而易舉就成功登入了。

「妳怎麼找出密碼的？」

「當然是駭進去。」星乃說得一點都不覺得自己做了壞事。「這次『字典攻擊』（Dictionary Attack）尤其有效。我用Europa會喜歡的單字組合起來就突破成功了。」

「妳很快就會被逮捕啊……」我感到傻眼，但現在還是先專心看內容。

登入畫面上，在『europa先生，你好』這個固定的招呼句之後，列出了幾個項目。點選其中的『SNS』，就跑出一大堆留言。這個雲端服務本來似乎是提供給企業作為公司內聯絡用，顯示了很多公司相關的廣告。

【europa】無法顯示本留言。

【HAL】無法顯示本留言。

【europa】無法顯示本留言。

【europa】無法顯示本留言。

【HAL】無法顯示本留言。
【europa】無法顯示本留言。
【HAL】無法顯示本留言。
【HAL】無法顯示本留言。

「……?」

留言澈底不顯示，讓我們無法查閱。其他項目我們也試著點選，結果一樣。雖然有跡象顯示是很久以前就寫的留言，但全都設定為不顯示。

「為什麼不會顯示出來?」

「不知道，也許是用未經認證的外部裝置存取，安全機制就會啟動。」

這時我們有了同一個著眼點。

「這個『HAL』……」

「很好奇吧。」

SNS裡除了「europa」以外，還有另一個人也寫下了留言。從排列方式來看，肯定是在和Europa對話。

「該不會，這HAL就是蓋尼米德?」

「有可能。」星乃一邊儲存雲端系統的內容一邊回答。「如果真是這樣，也許是對方搶先一步，讓我們無法閱讀留言。」

「這樣的話，直接刪除整個帳號不會比較快嗎？」

「也對。不知道是另有理由，還是單純來不及處理。」

我往回捲動幾乎都為「無法顯示」的留言，看到最舊的日期是「2017/7/10」，沒辦法再往前回溯。

「Europa到底想告訴我們什麼呢？」

「誰知道呢。只是……」

到頭來，這一天我們未能得到更進一步的收穫，但少女喃喃說出的這句話讓我一直掛在心頭。

「如果『ＨＡＬ』就是蓋尼米德，這個網站也許就是大流星雨的犯罪計畫。」

3

從Europa墜樓意外後過了一陣子。

「喔喔，大地同學！你看那個，那個！」

放學後，涼介突然在走廊上停步。

「怎麼了？」

「你看，就是她啊！你不覺得她超正的嗎？」

涼介指向走廊前方，那裡有一群女生在談笑。

「大地同學最近不是在物色學妹嗎？」

「不要把人講得像野獸。」

「呃～～等一下，記得我跟近藤要來的資料裡……有了。」涼介在樓梯下停步，開始滑手機。其他男生嫌他礙事地繞過他。「靠我們這邊的那個是一年D班，胸部也是D罩杯的——呀啊！」

涼介突然發出怪聲，往前跌倒。

啊……就在他背後，一名金髮少女揚起眉毛，以從裙子底下抬起大腿的姿勢站著。不用想也知道，她剛剛往涼介的屁股踹了一腳。

「夜仿雞鳴縱過關～～不容駱駝蹄亂踹～～♪」

「不要叫我駱駝蹄，還有不要吟得像清少納言一樣。」

兩人開始一如往常的較勁。

「妳還是一樣下手不留情耶。」

我笑了一下，伊萬里就說：「啊，沒有啦，是因為涼介要對學妹性騷擾。」她說著整了整掀起的裙襬，臉變得有點紅。

「對了！平野今天有空嗎？」

「我有空！」

「真是的，我沒問笨蛋涼介啦！」伊萬里又要踢人，這次涼介輕巧地躲開。「今天我打算和『伊緒』出去。平野要不要一起？」

「伊緒……妳們要去哪啊？」

我對這個名字覺得不安，但還是問問。

「今天啊，我們要去伊緒在都內辦的個人畫展。我會在那邊找她商量設計，還有比利時學校的事情。」

「比利時？」

「之前我不也說過嗎？那邊有著名的設計學校。伊緒對這些很熟，而且我打工那間店的女生也是比利時出身。怎麼啦？」

「沒有……」

關於伊萬里留學的事，之前就聽她說過。這些我都知道，但為什麼會牽扯到伊緒？就在這個時候。

「——嗨。」

戴貝雷帽的少女露出開心的笑容，在伊萬里身旁現身。

「平野大地同學，今天你有沒有什麼節目呢？」

……！身體不能動。

只因為少女的一句話，不，只是看到她那有著神祕顏色的眼睛，就讓我像被鬼壓床似的全身僵硬。

「伊萬萬。」不知不覺間，她已經開始用暱稱叫伊萬里了？「我有幾句話要跟他說，可以請妳先過去嗎？」

「啊……嗯，是沒關係……」

「不用擔心，我會準時到的。」

「知道了。」伊萬里露出有點不可思議的表情，走下樓梯。「我也先走了～」涼介學不乖地跟去，「大地同學也晚點見嘍！伊緒，我等妳喔！」說著揮揮手離開了。

「妳、妳——」

「最近接近伊萬里，又跟大家一起去玩……這女的到底打什麼主意？是什麼圈套嗎？而且她轉到這間學校，目的到底是什麼？」

所有心思都被她讀出，還原原本本暴露出來，簡直像是把腦內剝個精光。

「啊啊，對不起。跟你說話太有意思，讓我忍不住。」魔物少女嘻嘻笑了幾聲。

「唔……」身體不能動。

「那我們走吧。今天我會帶你去個有意思的地方。」伊緒朝我伸出手。不妙，我的手就像受到操縱似的舉起，被吸向她的手中——

「哎呀？」

這時伊緒的眼睛亮起。

「『看來有可怕的人來了呢』。」

——咦？

伊緒視線所向之處——站在我背後的，是個一頭黑色長髮垂得像柳枝一樣的幽靈般的少女。

「黑洞……？」

「平野大地。」

我覺得已經很久沒有聽見黑井直接跟我說話的聲音。一種像是會留在耳朵裡的低沉嗓音。

「不要跟『這女的』扯上關係。」

「叫我『這女的』也太過分了吧。」

伊緒答得大剌剌，但臉上仍留有微笑。

始終面無表情的黑井，以及始終看似開心的伊緒。兩名少女形成鮮明的對比，卻都有一種不食人間煙火的感覺。黑井從背後，伊緒從前方，兩人的視線焦點都放在我身上。明明是同一間學校的學生，我卻覺得只有我顯得非常突兀，這是為什麼呢？

「離開。」「如果我說不呢？」「…………」「…………」

兩人在學校的走廊上隔著我大眼瞪小眼。坦白說，我忍不住在心中祈禱：算我求求妳們，不要把我牽連進去。

過了一會兒，「呵呵呵」伊緒發出幾聲像在演戲的笑，輕飄飄地退開一步。

「今天平野同學就讓給妳吧。」

她以有點怪異的說法把我讓了出去。

「我苦口婆心，給你個建議吧。」

「別聽她的。」黑井插嘴，但伊緒不理，繼續說下去。

「平野同學，我是中立的，但『她不中立』——這件事你要記住了。」

「咦？」

——這話怎麼說？

「那我走啦，『特務小姐』。」

少女轉身走遠。我愣在原地，目送她離開。

那個戴貝雷帽的少女竟然退讓了？而且她說特務……

轉頭一看，黑井還留在原地。這個少女和那個魔物對峙不落下風，甚至還使她退讓──一想到這裡，就覺得她還留著反而更可怕。伊緒過去不曾危害我，但黑井呢？坦白說，我不知道。而且在同人誌展售會上，我們也沒能好好說上什麼話。

「……跟我來。」黑井用下巴指了指。

我覺得自己沒有拒絕權。

4

高中的圖書室空蕩蕩的。黑井確定圖書室裡沒有任何人在之後，就以熟練的動作翻起櫃臺的隔板，從抽屜裡拿出一張紙。

「本日因整理藏書，休館一天」。

她拿起用奇異筆寫了這幾個字的紙，再次走出圖書室，把紙張掛在門前。然後重新關好門，上了鎖。

「………」

我被關在無人的圖書室內，背上流過冷汗。

「怎麼了？坐吧。」

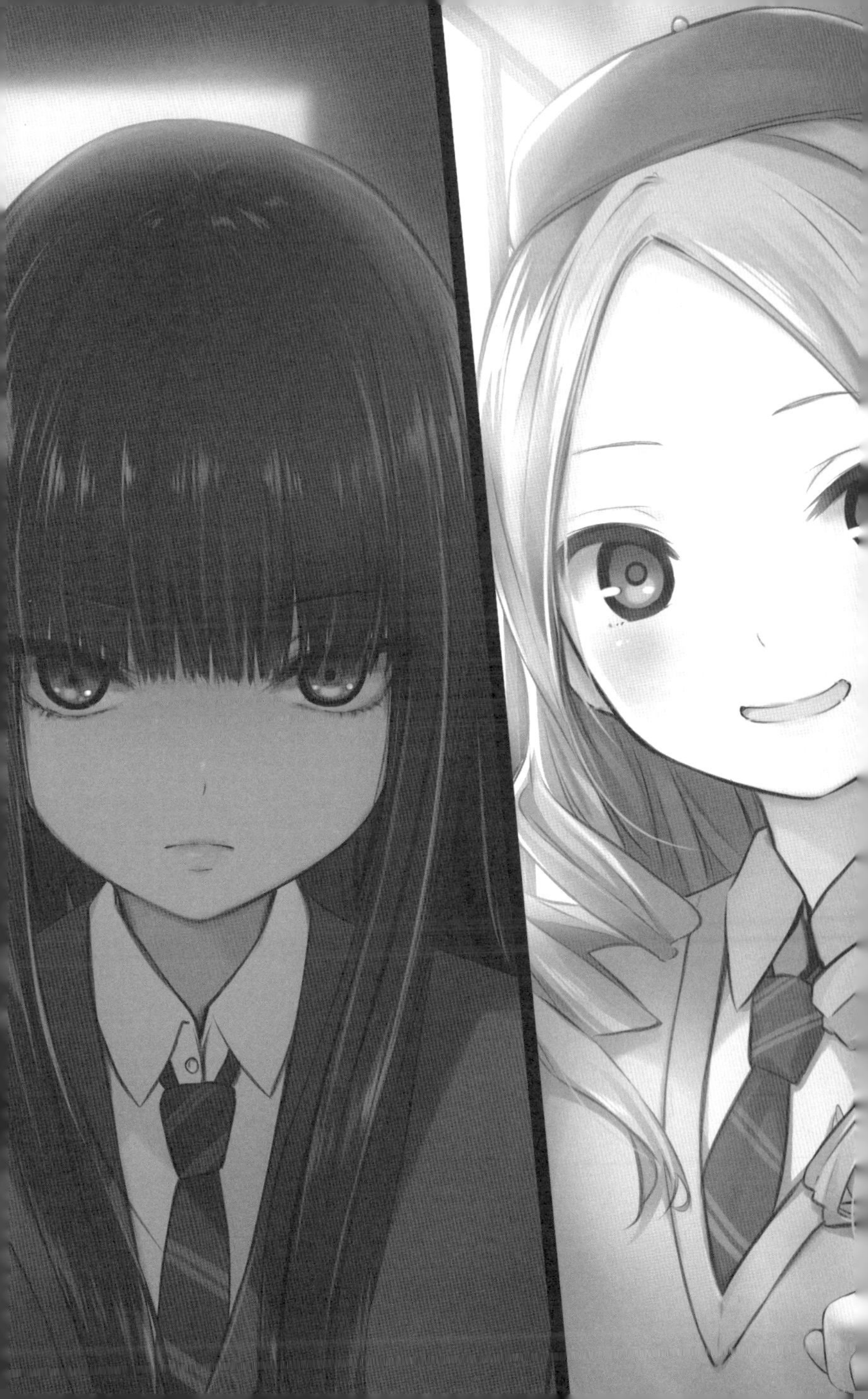

她在管理借還書的櫃臺裡，要我就座。我隱約想起先前在同人誌展售會的情形。諷刺的是，我們面前再度沒有客人。

「原、原來妳是圖書委員啊。」

我硬擠出話題，黑井就回答「是啊」。

「以前，宇野宙海建議我當，說既然喜歡書就再適合不過。」

「妳在班上是『副班長』沒錯吧？」

「委員和社團都是只要導師許可，就可以兼任。」

「這、這樣啊……」

我有種不可思議的感覺。我和黑井正常地在聊學校生活。

神祕人物。這個描述很老套，但套在黑井冥子身上就是無比貼切。平常她都像宇野宙海的影子一樣，如影隨形地跟在斜後方，什麼話也不說，就只是默默地寫黑板，彷彿背後靈。「副班長」這個頭銜終究只是指輔佐宇野，我不曾看過黑井在各種節目或社團活動主導過什麼。就連她是圖書委員這件事，我也是現在才知道。雖然這也有一部分是因為我屬於回家社，幾乎沒去過圖書室。

她不理會我的不安，從櫃臺的抽屜裡慢慢拿出一個東西。

「……？」

桌上堆起了三本書，每一本的作者都寫著「伽神春貴」，是最近有如彗星般爆紅的新秀作家，這點我也透過網路知道。書腰上寫著很有氣勢的「突破百萬本」的文宣。記得在展售會後，宇野就說過她的感想是最近看了覺得很精彩。

「妳喜歡伽神春貴？」

「討厭得要死。」

「咦？」

接著黑井一臉正經，宣告不得了的一句話。

「『我要抹殺伽神春貴』。」

我們的對話有了少許的間隔，主要是因為我太吃驚。

「抹……」我吞了吞口水。「抹殺？」

「沒錯。」

黑井面不改色，就像唸作品台詞似的述說：

「他，奪走了我的一切。」

她那平常沒有起伏的聲調微微加重力道。

「這本。」黑井拿起一本書。「這本。」又拿起旁邊的書疊上去。「還有這本。」

另一本也依樣畫葫蘆地疊上。

然後她又說出令人震驚的話。

「全都是『抄襲』。」

「抄襲？」

人氣暢銷作家做出抄襲的事，而且三本都是抄襲。

「不只這些。他接下來要出版的三十五本書，也全都是抄襲。」

「喂喂。」

這再怎麼說也太……

「說得太嚴重了吧。」我忍不住吐槽。「而且妳認定他是抄襲，是有什麼根據？」

這個時候，黑井盯著我看。她的眼睛就像冰一樣，讓人感覺不到溫度。

「『因為書是我寫的』。」

「咦？」

十七歲高中女生的嘴裡又說出了令人難以置信的話。

「伽神春貴出的小說，無論是目前已經出的三本，還是以後要出的剩下三十五本，都是抄襲我所寫的小說。他一點也不覺得可恥，抄襲我的作品，出道，藉此得到了所有讀者、所有名譽，以及龐大的財產。」

接著她切入核心。

「我——」

她的瀏海搖動，露出紅了的右眼。

「『是來自西元二〇四八年的未來』。」

【recollection】

「——抄襲？」

我懷疑起自己的耳朵。

西元二〇二八年十一月十六日——我想忘也忘不了的那一天。我往後長達二十年苦難日子開始的一天。

責任編輯彷彿從未說過之前見面時對我讚不絕口的那些話，以苦澀的表情告知。

「妳這樣，我們會很為難。」

「不，可是，這不可能，一定是有什麼誤會。」

「妳還說這種話？妳看。」

編輯把一本書放到桌上，往我身前一推。那是一本邊角有皺褶的舊書。

【孤獨黑暗的另一頭　伽神春貴】。

是個我沒聽過的名字。書腰上寫著「突破百萬本」，但作者名我很陌生。應該說，有過這麼一個作家嗎？

讀了幾頁，我當場愕然。書上寫的內容，從開頭的場景、登場人物的安排，到劇情的發展，從頭到尾都和我最近才寫的小說一模一樣。

「這、這是，為什麼？」

我以發抖的手翻開版權頁。這是距今十年以上出版的書。

「為什麼，這個，和我，一樣……」

「妳還要裝蒜嗎，春風老師？」

「老師」這兩個字聽起來格外諷刺。

「想也知道是因為妳抄襲了這本書吧？」

「不可能會有這種事！」我懷著怒氣大喊。「這是我的，完全原創作品！這一定是有什麼誤會——」

「請妳不要太過分。」

編輯站起來，就像宣告談話結束似的撂下幾句話：

「都已經被拆穿是完全抄襲，還說得臉不紅氣不喘……妳知道有句話說『做賊喊捉賊』嗎？」

我腦子一團亂。震驚、屈辱與憤怒在腦子裡翻騰，讓我手上的書落了地。

「請不要再來我們出版社。妳知道嗎？就因為我當初對妳的作品讚不絕口，現在在部門裡根本沒有立場啊。」

「啊、啊，等——」這時我腳下一絆，狼狽地跌倒在地。書本壓到我身上，打到我的頭後滾落到前方。

伽神春貴。

寫在封面上的這個名字深深陷進、刻印在我的腦髓中。

【2017】

「於是我誓言復仇。」

黑井始終很平靜地述說。我產生一種像是圖書室櫃臺桌沿著木紋扭曲的錯覺，一邊聽她說下去。

「二〇二八年當時，我實現夢想，以職業小說家『春風波卡』的名義累積了幾年職業生涯。可是，自從我被定罪為『抄襲』之後，出版社就再也不理我。我被貼上抄襲作家的標籤，在業界傳開。伽神春貴的既有作品，不管哪一本，都和我的點子筆記本上寫的內容，或是暗中寫下來囤的作品一模一樣。從登場人物的設定到詳細劇情，全都一模一樣。」

黑井拿起眼前的一本書，手上用力。

「……我幾乎要瘋了。是對方用心電感應偷看我腦子裡想什麼，還是我下意識用超能力偷看了對方腦子裡想什麼——連這種事我都想過了。」

看著流暢敘述的少女，我難以相信這會是那個沉默寡言的黑井。只是，她的嗓音之低沉，以及綿綿細雨般慢慢透進腦子的話語，都讓我認知到這果然是黑井冥子的聲音，是她說的話。如果說葉月的嗓音像清澈的鈴聲，黑井的嗓音就是渾濁雨點般的怨聲。

「我實在過不去，終於忍不住去找伽神春貴本人對質。他雖然是暢銷作家，卻又以蒙面作家的神祕作風知名，所以他的長相和來歷我都不知情。從西元二〇二八年到二〇四八年的這二十年來，我一直在追查他。找出版相關的人脈，僱用徵信社，連網路上可疑的傳聞都全部收集起來……查到我年紀都大了，連正常女人的幸福都拋諸腦後。對我而言，小說就是一切，如果是不紅也就罷了，但被人套上剽竊犯的汙名，我萬萬嚥不下這口氣……只是，我就是找不到伽神，也不知道為什麼他的作品不知不覺間就是變得和我的作品一模一樣。然後，我從電視新聞得知了伽神的死訊。他是病死。」

黑井的指尖壓得書本都快要變形了。

「可是，在絕望與失望的盡頭，我終於掌握到了。『靠著來自某個管道的消息』，我得知了伽神春貴其實是時空穿越者的可能性。」

「等一下。」我聽到這裡，終於插嘴說出疑問。「妳說的『某個管道』是什麼？」

「這你最好別問。」

黑井以拐彎抹角的方式拒絕。然而，這件事不是這樣就可以帶過的。

穿越時空。由我來講這句話也不太對，但這實在是荒唐無稽。

「黑井，妳是想說妳自己就是時空穿越者？」

「沒錯。」

她所說的一切，可信度全都建立在這一點上。是建構理論的最底層基礎，不先確定這一點就談不下去。

「那我要問了。」

我以有點挑釁的心情問出問題。

「平成的下一個年號是什麼，妳說說看。」

「令和。」

「唔……」我劈頭就挨了一記先發制人。黑井乘勝追擊地補充：「令和的典故來自《萬葉集》，最早的源流來自中國東漢詩人張衡的《歸田賦》。」

「新的紙鈔是？」

「萬圓鈔是澀澤榮一，五千圓鈔是津田梅子，千圓鈔是北里柴三郎。」

「…………」

「你服了嗎？」我不得不相信。

黑井輕輕呼了口氣。不知道是不是覺得被我懷疑很冤枉，又或者是我自己就是時空穿越者卻不相信她，讓她覺得失望。

「總之，我發現伽神春貴是時空穿越者，也就是Space Writer的使用者。」

Space Writer——聽到這個名稱，我也只能放棄掙扎。

對黑井冥子是時空穿越者的這個事實放棄掙扎。

接著黑井低沉而平板地說下去。

「在這西元二〇一七年的世界裡，有伽神春貴在。他從『未來』偷走了我的作品，拿到『過去』的世界持續發表。也就是說——」

她的眼睛像猛禽似的暴出精光。

「『來自未來的剽竊犯』。」

接著十七歲的少女用指甲掐進這個可恨對手的書。

「我要逮住他，親手要回『夢想』。所以我希望你幫我。」

「……不、不對，等一下。」我舉手喊停。她一口氣說了這麼多令我震驚的事實，讓我來不及整理。

尤其以這個問題最讓我好奇。

「為……為什麼是我？」

我和黑井實在說不上熟。儘管透過宇野有了一些交集，但今天是我第一次和她好好說話。

「你值得信賴。」

「咦？」

黑井一臉正經地說。

「這四個月左右，我調查過你的行動。尤其是把宇野宙海從絕境中拯救出來的那件事，你做出了極佳的貢獻。結果，我判斷你值得信任。」

「啊……」

──我調查過你。

回想起來就覺得這幾個月，似乎總是會在一些節骨眼上遇到黑井。原來那是為了調查我嗎？

「這麼說來，那封要我『小心』的郵件也是妳發的？」

「對於這個問題，我不方便回答，但你可以這樣解釋。相信遲早有一天，會有機會另外安排場合來說明。」

少女的口氣突然變得很官僚。

「平野大地，你鼓勵宇野宙海追夢，幫助她免於危機，將她從絕望深淵救出來。我非常感謝你。」

「哪裡，我沒做什麼……」

突然聽她對我道謝，讓我覺得不太自在。

可是先不說這個，對於剛才黑井說的話，我非反駁不可。

「那個，坦白說，這有點不好開口……但我為什麼就非幫妳不可呢？」

「對你當然也有好處。不，反而可以說你幫我是必然的。」

「啥？」

我覺得狐疑，黑井的下一句話就讓我坐上了談判桌。

「『ＨＡＬ』的真身就是伽神春貴。怎麼樣，『要不要跟我一起去逮他』？」

5

「有了。」

銀河莊二〇一號室。一如往常飄著冰涼空氣的空間裡，星乃按停了畫面。我們看的是公寓監視攝影機的畫面。

「啊……這的確是黑井吧。」螢幕上拍到了這二〇一號室的玄關門前空間。日期是

「2017/7/22」，距今五個月前。

畫面上拍到兩名少女。兩人都穿著月見野高中的制服，一個是綁著辮子的眼鏡少女，另一個是眼睛被很長的瀏海遮住的少女。一眼就看得出是宇野和黑井。

「原來黑井來過這裡啊。」

知道先前都不知道的事實，讓我吃了一驚。

「看來是有過。」少女回答得事不關己。「記得之前好像是有地球人來過，說什麼學校講義怎麼了。」

「這是我來之前的事吧？」

記得我Space Write來到這個時代，是在今年七月二十五日。而七月二十二日，就是比我早了三天。

「這個時候，妳是怎麼做？」「我沒理她們。」「我想也是啊。」

不管來的是老師還是同學，只要是地球人，無論是誰，這個少女都會毫不留情地請對方吃閉門羹。我也在這一關吃足了苦頭。

——不過這也很像Universe的作風啊。

從畫面上看得出班長宇野擔心轉學後始終不現身的星乃，特地來到她的住處探望。不知道是受導師之託，還是受真理亞之託。黑井大概是陪她來的。攝影機還拍到她們按了好幾次門鈴，但沒有反應，兩人都顯得很傷腦筋。

「啊……」「是這裡吧。」星乃按停畫面。

按門鈴的少女——黑井冥子暈眩似的腳步踉蹌，然後倒了下來。宇野趕緊跑過去，但黑井癱坐著一會兒後靜靜站起來，舉起手說不要緊。

不久，兩人回頭，下了樓梯。宇野擔心地看著黑井，黑井一直按住右眼。

「平野同學看了覺得怎麼樣？」星乃看著我。我再度播放黑井的畫面查看清楚。

「……我覺得一樣。跟我那次一樣。」

我那次也是在Space Write的瞬間產生強烈暈眩，好一會兒站不起來。相較之下，黑井算恢復得快了，但蹲下去、按住右眼，這些部分是共通的。葉月Space Write的時候曾經暫時失去意識，不過想來應該是Space Write的副作用強度也會因人而異。

「還有沒有別人有這種跡象？」

「這邊也是這樣。」星乃切換畫面。畫面上又拍到了二〇一號室的玄關門前。

「……？快遞？」

「郵購送來的時候吧。我去查過，結果是送電腦零件。」

玄關門前站著一名男性。他身穿大型快遞商的制服，在按門鈴。是個大概二十幾歲，頂多三十出頭的男性。日期是「2017/7/10」。

下一瞬間。

「啊……」男子當場蹲下，手上的貨物落了地。之後他跪地一分鐘左右，然後丟著裝貨物的紙箱不管，搖搖晃地回去了。過了一會兒，玄關的門打開，黑髮少女走了出來。她看到地上的紙箱，歪了歪頭，拿起紙箱回去房間。

「對方的臉可以放大嗎？」

「已經在放大了。」星乃的手指在鍵盤上掃過，立刻叫出別的畫面。

這個畫面上顯示出剛才那名男子的臉孔。雖然被帽子遮住，看不太清楚，但看起來是個有點瘦的男子。他臉頰瘦削，感覺不太健康。

「查得出身分嗎？」

「只靠這個應該不行吧。我把留在『Saturn』的畫面全都比對過了，但他來到我家就只有這一次。」

「這樣啊……」畫面的日期是二〇一七年七月十日。附帶一提，「Saturn」是這銀河莊監視系統的暱稱。

「看得出快遞員名牌嗎？」「角度上沒辦法。物流車的車牌也沒辦法辨識。」

我們不知道這個男性快遞員是什麼人。然而不管他是誰，只要是時空穿越者，就不能置之不理，而且他有可能就是黑井在追查的「伽神春貴」。這也意味著，他有可能就是「蓋尼米德」。

這傢伙……就是殺了星乃的凶手？

我看著這個臉色很差的男子的側臉，感到心神不寧。

6

白貓快遞／月見野中心。

距離車站走路十分鐘左右的地方有眼熟的白貓商標貨車出入。之前我也用過幾次這家業者來寄貨，但在這「第二輪」的世界，我還是第一次來到這裡。

「平野大地。」

「嗯？」

黑井在物流中心的入口，小聲說：

「感謝你提供照片。」

「哪裡……」

我把「送快遞的男性」這件事告訴黑井，她立刻說放學後要來調查。坦白說，我不知道該信任黑井到什麼地步，也不是沒有遲疑，但最終我還是決定跟她合作。畢竟我沒有其他線索，而且如果這個男性就是「伽神春貴」，和黑井合作就是最快的捷徑。

「開始之前，有一句話我要先說。」

「什麼事？」

「我不太擅長和人類溝通。而且今天宇野宙海也不在，可以預測到會出麻煩。」

「麻煩？……啊，喂。」

我還沒反問，黑井已經大剌剌地走進物流中心的私有地，接著對一名看似白貓快遞的員工說：

「喂。」她沒頭沒腦叫住對方，亮出照片。「你認識這男的嗎？」

「……什麼？」

男性員工瞪大了眼睛。這也難怪，畢竟他被一個陌生的高中女生沒頭沒腦地「喂」了一聲，還被她像警察盤問似的逼問。

「請、請問……妳是哪位？如果是要收貨或寄貨，那邊有顧客窗口，麻煩請到那邊洽詢。」

「我不是顧客。我是在問你這個男的是不是在這個物流中心工作。是YES，還是NO？」

「對不起，我聽不太懂妳在說什麼。」

有道理。

「別問那麼多，回答我。」

「妳喔，不要太過分——」

「啊～～對不起對不起！她太不會說話了！」我趕緊切入。「那個，很抱歉打擾你工作。之前我請你們送貨，有些事想請教……」

我推開黑井，一邊低頭致歉一邊解釋。

「啊，這個，就是這張照片上的男性。」

我從黑井手中接過照片，交給對方。黑井默不作聲，靜觀其變。

男性員工一邊看著照片一邊沉吟著說：「嗯～～這張照片，看不太到臉啊……請問您的住址是？」

「是位於月見野市三丁目的一間叫作『銀河莊』的公寓。這是單據。」

「啊～這一區啊……也就是說，搞不好……」

男性員工似乎發現了不對，說聲「請稍等一下」就往裡走遠。然後他叫住附近的另一名員工，一手拿著單據開始跟這個人說話。「啊，那裡，以前是哈姆太郎負責那區。」「你說的哈姆太郎，就是那個哈姆太郎吧？」「是啊，那個超級沒用，落跑的哈姆太郎。怎麼啦？又有人來客訴啦？」聽得到這樣的對話。

「啊，兩位客人，非常抱歉。」

男性員工走了回來。

「真的真的非常抱歉。看來我們的配送員有事情沒處理好，真的很抱歉，不過在這裡談也不太好，可以請兩位移步到裡頭談嗎？」

看到男性員工突然變得這麼低姿態，我們對看了一眼。

這天回家路上。

我和黑井並肩走在路上，斜陽從前方照亮黑井的臉，但我不知道她心裡在想什麼。她嘴脣緊閉，看起來有點失望。

「好可惜啊。」「不，收穫是有的。」

我們在物流中心聽到的情報是這樣的。

照片中的配送員名字叫「中神公太郎」，是今年六月起受僱的兼職員工，大約兩個月後離職。聽說他鬧出了很多問題，貨沒送到、商品損壞、態度惡劣、貨物遺失——中神公太郎負責的區域發來了所有想得到的客訴。我們針對這點一問，員工回答中神有一天突然把物流貨車留在路邊不管，就這麼失蹤了。他被取了個名字叫落跑哈姆太郎，似乎是取自他的名字「公太郎」。（註：「公」拆成片假名「ハム」（哈姆）兩字）

『其實我們不該對客人這麼說，但我們也被哈姆太……中神先生弄得很傷腦筋。那個，所以，兩位的貨……啊，有送到啊？那太好了。如果有什麼問題，我們會充分地補償，那個，還請萬萬不要在社群網站上PO出這件事……』

到頭來，中神公太郎的下落連公司方面也不知道。手機打不通，公寓已經人去樓空，說是也聯絡不上身分保證人。

也就是說，線索中斷了。

「中神，公太郎……」黑井拿起照片，喃喃說道。「中神（NAKAGAMI）——伽神（KAGAMI）。」

「妳認為這傢伙就是伽神春貴？」

「有可能。不少作者取筆名時都是從自己的名字找靈感。」

「可是，我們要怎麼找他？實在沒有線索……」

「去中神住過的公寓問。」

「不是說他已經不住那兒了嗎？」

「也許會有什麼蛛絲馬跡。」

黑井回答得毫不猶豫，往前邁出腳步。她強而有力的腳步，讓我感受到一種堅定的決心。

今天一整天，我多次為了黑井沒禮貌的說話口氣打圓場，搞得冷汗直流，用她聽不見的音量嘆了一口氣，朝她身後跟去。

7

「嗯～～沒見過啊，不好意思。」

「哪裡，失禮了，你忙的時候來打擾。」

幾天後。我們對票券店的店員行禮，退了出來。光是今天就問過二十間以上，總共問過多少間，我已經連數都不想數了。

這天，我們也利用放學後的時間繼續「打聽情報」。目標當然是「伽神春貴」。我們一手拿著他的照片，去所有想得到可能的地方問。

先前得到的情報大致上都已經查過。黑井還是一樣，劈頭就問：「你認識這男的嗎？」讓對方不高興地「啥？」一聲，然後我說：「對不起，由我來談。」這樣三個步驟一組的過程，在每個地方都重複過一遍。在剛才去問的店裡，我們也是經過這樣的談話，最後撲了空。

「好，下一站。」

「天都快黑了啊。」我一度停下腳步，靠在護欄上歇歇腿。

我一停下腳步，黑井也跟著停步，瞪著夕陽說：「……是嗎？」我本以為是不是惹她不開心了，但我也已經疲累到了極限。

太陽開始西沉，這一帶的氣溫迅速降低。我重新拉緊大衣衣領。

「平野，我差不多要走了。」

「妳有地方去？」

「沒有。所以我要把之前去過的地方再問一遍。」

真是的……我對她的熱忱半佩服半傻眼地問了：

「妳想逮住剽竊犯，這我是能體會啦。」夕陽將影子拉長，不時被開在路上的車輛大燈斷斷續續地蓋過。「但也不必把自己繃得這麼緊吧？」

「…………」

「我不會要妳別這麼做，但妳至少要留時間睡覺。」

「…………」黑井不回答。

這幾天來，她在課堂上打瞌睡的次數變多了。似乎是我不在的時候，她也持續在進行搜索活動，臉上明顯看得出疲憊。我也滿心希望能趕快找出我們要找的人，但照這個步調，身體真的會撐不下去。

真是的……

我看著黑井的側臉，有一種不可思議的感覺，像是拿她沒轍，卻又湧起一種親近感。和她一起行動，讓我對她有了一點點的了解。

「黑井和星乃很像」。

像是不擅長交際，完全無法和周遭的人協調；還有一旦決定就不會改變自己的意思，這些地方都很像。連我不幫忙打圓場就不行的這點也很像。

該怎麼辦呢……我輕輕揉著腿，思考今後的事。努力是很好，但總覺得繼續這樣漫無目的地找下去，也很難指望有什麼成果，得想想具體的對策。

看到我繼續休息，仍然不動，黑井微微鬆了一口氣。

然後說：

「——之前我也說過。」

她以低沉像是自言自語的口氣開始述說。

「我不擅長和人溝通。」

這幾天我對這點有了切身的體認。

「我從以前就是這樣。從讀國小時，就抓不好和別人之間的距離感。但我又很不會陪笑，就是會覺得自己獨處比較自在。在學校連朋友也不交，讀國小時都一個人玩電玩……可是——」

少女說到這裡，微微晃動了瀏海。

「我遇到了小說。」

「…………」

「起初是寫遊戲劇本。拿喜歡的遊戲來二次創作，試著為自己喜歡的角色寫劇本。這……讓我好開心。我寫得很熱衷，後來不只是寫遊戲相關，日復一日，一心一意地寫著小說。不只遊戲的二次創作，也開始寫各式各樣的原創作品……我被小說擄獲了。就算不擅長用說的，寫成文章就寫得出自己的心情。小說裡的登場人物會替我笑、替我哭、替我煩惱、替我呼喊。我透過小說得到了言語，小說就是我的翅膀。」

我聽得呆了。這是我第一次看到黑井神采奕奕地談論一件事。

「平野大地，言語這種東西很不可思議。想說出口，都會卡在喉頭，但寫成文字，就會像滿出來似的不斷湧出。就算一對一會緊張得說不出話，只要當成對不特定多數讀者說話，就不會有任何難為情或遲疑，能夠好好寫成話語。之前都無法化為言語而累積的念頭滿出來，讓我把自己的內在都吐露在稿紙上，暴露出來，展現給大家看。過去我也曾經為一些日常的瑣事鑽牛角尖，但自從我開始寫小說後，一切都變成了我的養分。我覺得這是我的天職，我確信小說才是我該走的人生路。」

「所以妳才想當小說家？」

「對。」黑井的聲調很雀躍。「寫小說的時候最自在，有活著的感覺。我不用嘴說，相對地，我把想法投影到用手寫下的文字上。即使沒有任何人看也沒關係，但有一天，我有了讀者。」

黑井說的是她與宇野結識的情形。有一天，她在國中的圖書室默默地寫著稿，結果就有一名少女來找她說話。這個少女是當時擔任圖書委員的宇野，兩人自然而然地聊了起來。

「宇野宙海，是我的第一個讀者，也是最重要的讀者。」

黑井說到宇野宙海這個名字時，發音多了幾分柔和。

「宇野宙海她，非常善良。」她用手用力揪住自己的胸口。她的指甲剪得很方正，怎麼看都不像是青春少女的手，但我覺得這也隱約表現出這名少女不會說謊的老實個性。「坦白說，我的小說大概不太有趣。可是她很善良，都願意看完，甚至還很用心地寫了感想。光是這樣，就讓我感受到自己活著，有活著的感覺。小說就是我的言語，也是我和宇野宙海之間的情誼──而這些……」

她的聲音在顫抖。

「他全都，搶走了。」

黑井的語氣平靜，但聲調中壓抑了非比尋常的感情。

「不只是工作和收入，還包括我活到現在的自尊、喜悅、哀傷、回憶，與好友的情誼──這一切，人生的一切，都被他搶走了。」

黑井懊惱地低下頭，彷彿在狠狠瞪著柏油路裡某種看不見的事物。

「我是個空殼子，平野大地。」

「空殼子？」

「待在這裡的，是個名字叫作『黑井冥子』的空殼子，說是影子也行。是個最寶貴的事物被搶走，為了尋找失去的靈魂而徘徊的亡靈。」

「……………」

最寶貴的事物被奪走，成了空殼子。

我也能夠體會。失去最寶貴的事物，失去活下去的氣力，變得像個空殼子，然後來到這個時代。

——就算還在呼吸，心也已經死了。

這句秋櫻以前說過的話一直留在我心中。

「我說啊，黑井——」

不知不覺間，我已經開了口。

「我有個小小的提議。」

8

翌日。

「啊～～冥子，好久不見～～」

宇野秋櫻很有活力地舉手打招呼。

「…………」黑井默默低頭致意。我知道她們是透過宇野宙海而認識，但總覺得黑井比我還生分。

——我有個小小的提議。

我說的提議，說穿了就是找記者宇野秋櫻幫忙。既然我們的目標「伽神春貴」是暢銷作家，找熟悉出版與媒體業界的秋櫻幫忙是很自然的走向。

「想吃什麼儘管點，想點聖代或義大利麵都行。」

「啊，我正好肚子餓了。」

「我可沒對平野同學這麼說喔～」

秋櫻哈哈大笑，然後大聲喊了：「店員小姐～」結果一名額頭有點寬，表情有點凶的店員——我已經完全記住姓氏的上島小姐不悅地走了過來。明明因為以前的「漆彈事件」弄得有點僵，但秋櫻每次都一定會指定這家店。該說是粗豪還是遲鈍呢？

「……所以，你說今天是冥子有事要找我商量？平野同學好有異性緣耶。」

「不是妳說的那種情形啦。」

「不然是怎樣的情形？」秋櫻開心地看著坐在我身旁的黑井。

「秋櫻姊，她有點……口才不好，可以由我替她說明嗎？」

「妳說呢？」秋櫻看向黑井。黑井微微點頭。

「妳聽了也許會有點吃驚，其實——」

於是，十分鐘後。

「唔唔……」

幹練的新秀記者低聲沉吟，皺起眉頭。

「你說的伽神春貴……」她用手機搜尋，拿給我看。「是這個人沒錯吧？」

她的手機上顯示著伽神春貴的維基百科記載。說是蒙面作家，所以並未附上作者照片，個人資料欄也只有作品清單。

「就是這個伽神春貴。」

「你是說這裡列出的三本作品，全都是抄襲？」

「是。」其實以後他會發表的作品全都是抄襲，但要提這一點就非得說到Space Write，所以我就先不提。

「冥子。」

秋櫻喝了一口水，面向作者本人。

「我不是懷疑妳，但這需要求證。妳有原稿嗎？」

「……有。」

黑井翻找書包，拿出一台筆記型電腦。聽到幾聲敲鍵盤的聲音後。「嗯。收到了收到了，ＯＫ。」秋櫻用手指比出一個圈。

「原來如此……三本都是同一個系列啊。」

秋櫻用手指捲動手機畫面，迅速瀏覽。

伽神發表的三本作品——其實是黑井的三本作品，全是「系列作」。雖然每一集都是獨立的內容，但例如偵探和助手等主要登場人物以及登場舞台，全都一樣。

「有什麼可以當證據的東西嗎？」

「證據？」

「能夠證明這份原稿是在伽神春貴的書上市日期『之前』所寫的證據。」

「這……」

我看看黑井。她靜靜地搖頭。

「這樣啊……」秋櫻雙手放到頭上，露出「這可傷腦筋了」的表情。

這樣的情形我早已料到。黑井沒有「證據」可以認定伽神的書是抄襲。既然要指責對方抄襲，就必須比對方「更早」將作品發表在紙本或網路等各種媒體上。伽神春貴是時空穿越者，對於他已經發表的作品，我們無計可施。

「我想遲早有一天伽神會發表第四部作品。到時候，他一定會發表和黑井的原稿一模一樣的書。這樣的話，就可以證明抄襲——」

「等一下。」秋櫻舉起手。「這我懂。如果我剛剛拿到的文字檔和他以後發表的作品一模一樣，就表示『有一方是抄襲』，不是嗎？」

「？有一方？」

「同一個世界，同樣的原稿有兩份，有一份是抄襲。」

「妳是說黑井抄襲？」

「不是，我沒這麼說。問題是，要追究對方是抄襲，就必須在時間上比對方『更早』發表，而且需要證據證明。過去的三本，以及伽神接下來要發表的作品，如果沒有證據證明冥子已經先發表過，就沒辦法控訴對方是抄襲或侵害著作權。」

秋櫻以正經的眼神述說。

「不管是在電視、投稿網站、影片網站，什麼都可以，就是得用能夠對社會證明的形式留下明確的證據，否則這類抄襲風波都會不了了之。」

「可是，黑井是真正的作者——」

「如果冥子的說法是真的，那就表示伽神直接抄襲整套別人的作品，還大搖大擺地拿去進行商業出版。這是會被整個業界放逐的嚴重醜聞。正因為這樣，對方多半會厚起臉皮不認帳，說『只是你們擅自拿我出版的書去抄』。」

「這——」

我自認明白這些，但聽她這麼明確地指出來，就覺得無話可說。

的確，這是我方的弱點。要證明是抄襲，唯一方法就是證明我們在時間上「先」發表。然而，對方是來自「未來」的剽竊犯，他把黑井在未來的世界發表的作品拿來過去發表。對方都能做出這種事，不管要抄襲什麼作品都可以肆無忌憚。

「…………」

不只是黑井，這次連秋櫻也不說話了。這件非常可疑又沒有任何證據的事，能讓她相信幾分呢？頂多也只是半信半疑吧。換作是我也不相信，會覺得只是個喜歡文學的高中女生妄想過了頭，去找人氣作家的麻煩。說到底，這件事是要有Space Write這檔子事才能成立的。

來自未來的剽竊犯——我再次為對方手法之巧妙惡劣咂嘴。

秋櫻朝手錶瞥了一眼。感覺這件事快要不了了之，讓我心急了起來。

黑井不說話。今天本來就是我說服她，硬拉她來的。對於能不能讓秋櫻相信這件事，黑井本來就抱持懷疑的態度。我認為正因為是秋櫻，所以相信她會願意幫忙，但我現在正漸漸體認到這是一種天真的期待。其實正好相反。愈是秋櫻這種牢靠的記者，愈不會抓住這種無法求證的題材。

「對不起……我差不多——」

秋櫻開始收拾東西。我看出事實上黑井這件事已經「流掉」。

可是——

——待在這裡的，是個名字叫作「黑井冥子」的空殼子。

「秋櫻姊。」

我很想支持黑井。不——

——是個最寶貴的事物被搶走，為了尋找失去的靈魂而徘徊的亡靈。

「我就是黑井」。

「……秋櫻姊，會懷疑這件事，這我也明白。」

秋櫻本來正要起身，這時又坐了回來。

「可是，是真的。雖然如果妳要我拿出證據，我也沒辦法，可是，是真的。黑井沒有說謊。這本書，這部作品，最先寫下的人是黑井。這是真的。」

黑井不說話，瀏海微微晃動。

「我不會要妳幫忙。畢竟我平常請妳查事情也沒付錢，我也沒有錢。可是——」

我重複一次。

「我希望妳相信她。」

我自己都覺得不合邏輯。對應該根據客觀的證據與證言來求證的記者，說出這種極為主觀、幼稚的說法。

——平野啊，就是太邏輯了。

這是以前伊萬里對我說過的話。

「我相信黑井。只要在可以的範圍內就好，如果得到什麼和伽神有關的消息，還請告訴我們。只要我能力所及，什麼事情我都願意做以當作回報。」

我知道把情緒一股腦兒發在對方身上，會給人造成困擾。畢竟這是只顧自己需要，完全不理會對方有什麼不方便。

「哦～」

秋櫻有點震驚地睜大眼睛，然後嘴角微微放鬆。

「大姊姊我啊——」她突然以像是朋友般的語氣說話。「因為宙海的事情，欠你『人情』。」

「咦？」她說的話出乎我意料，讓我不知所措。為什麼現在會提到宇野？

「看到你在選秀會場大喊：『不要放棄！』坦白說，做姊姊的感動得整個人都發抖了。不，說起來，應該是從更之前在宙海家的玄關前，你對嬸嬸喊得那麼用力的時候開始吧……」她說的是前不久，宇野離家出走那天發生的風波。我和宇野的母親劇烈爭吵的那一天。現在回想起來，就覺得有點不自在。

「該說是人情嗎？呃～……坦白說，大姊姊覺得為了你，什麼事都想做。」

「……啥？」我狀況外地應了一聲。

為了你，什麼事都想做。我一瞬間湧起奇怪的妄想，這件事就保密。對了，之前她就在宇野家的玄關前緊緊把我擁入懷裡啊。

「所以啊——」她用手指彈了一下帳單。「伽神春貴，我會去查。」

幹練的記者瀟灑地結完帳，走出咖啡館。

往旁一看，發現黑井正盯著我，當我們視線交會，她就不知所措地別過臉去。

宇野秋櫻提供有力的情報，是翌週的事。

9

距離JR中央線的車站步行大約七八分鐘路程的一棟老牌旅館。看上去就覺得很堂皇的建築物，地下一樓有個宴會場。我從剛剛就一直坐立不安地站在門口附近。

——有個出版界的宴會，你們要去看看嗎？

秋櫻給我們的情報是這樣的。大出版社「角永出版」下週會辦很大的「宴會」。這也兼作作家之間的尾牙，所以聽說「伽神春貴」也受邀參加——她從往來密切的編輯那裡聽到這個消息，把這個決定性的消息告訴了我們。雖然不確定伽神是否會出席，但聽說新進作家基本上出席率都很高。

伽神也許會到宴會會場——這是我和黑井踏破鐵鞋也得不到的消息。果然在業界有人脈就是不一樣。

然後到了今天。

下午六點，我在大廳和另外兩個人會合，進入會場。包下旅館整層樓的宴會會場，已經有多達數百名的來賓進場。來賓們站在沒有座位的桌旁各自邊吃邊談笑，除了我以外，都顯得十分習慣。

我和黑井站在距離會場入口很近，能將全場盡收眼底的牆邊一角等了一會兒。

「啊，這不是秋櫻小姐嗎～」「好久不見啦～」秋櫻和看起來是出版業相關的朋友打招呼。「後面那兩位是？」「啊，是我們家新人。」「是喔，我還以為秋櫻小姐是孤狼呢。」「喂，說女性是狼也太沒禮貌了吧。」雙方聊得十分開心。

我看著已經完全融入會場的秋櫻的背影，小聲問起：

「黑井，妳這包包是怎樣？」

「…………」少女目光轉過來看了我一眼，又轉回前方。她脖子上掛著的名牌寫著「WebCosmos助理　黑田芽衣子」，這就是黑井今天的頭銜。當然姓名和職稱都是秋櫻編造出來的，而我則是「WebCosmos撰稿員　平井大輔」。

「妳不會……胡來吧？」

我有意無意地瞥向她托特包裡的東西這麼問。黑井還是不回答。

坦白說，我很不安。就算黑井是「作者」，對方同樣是時空穿越者，也是大膽將他人著作出版到全國的剽竊犯。我們不知道他是什麼樣的人，也不知道他惱羞成怒下會做出什麼事。況且如果伽神就是「ＨＡＬ」，而且就是「蓋尼米德」，那麼此人就是策劃大流星雨的主謀，是全球性的恐怖分子。這樣的對手實在太危險。

——她打算怎麼做？

我看著黑井的側臉。少女一直不吭聲，等待時刻來臨。

過了一會兒，主持人的座位被照亮，然後開始播放很熱鬧的背景音樂。

「各位來賓好～～！」

「今天非常感謝各位在百忙之中蒞臨～～！」

男女兩名主持人拿著麥克風，大聲喊話。

「今天歡迎各位來到角永出版社２０１７年『尾牙宴』。我是擔任主持人的——」

就在宴會即將開始之際。

——咦？

會場的燈光突然關掉了。之前的燈光也有點昏暗，但現在是一口氣籠罩在黑暗中。

接著舞台的燈光亮起，大型投影銀幕變亮。整個會場的視線都集中到正面，感覺像是宴會的節目即將開始，但並非如此。

黑井……？

她從剛才就坐在椅子上敲打電腦鍵盤。我心浮氣躁地來回看著舞台與她。現在發生的事，不在我們討論過的範圍內。

接著舞台的布幕拉起。

投影銀幕上顯示出了畫面。看到上面的字，整個會場變得鴉雀無聲。

【關於伽神春貴的抄襲】

劈頭就連名帶姓指控。

【證據①】

螢幕上淡淡地播放告發畫面。會場的來賓們想知道發生了什麼事，盯著螢幕看。主持人與工作人員都慌了手腳，拚命想阻止畫面播放，但就是無法如願。

審判繼續進行。

【伽神春貴的三部作品都是抄襲】

【第一部《孤獨黑暗的另一頭》，出版日是2017年9月20日。第二部是10月20日，第三部是11月20日】

【但在2017年8月，有著完全同樣內容的書就已經在同人誌展售會「COMITIC134」上發售】

——啊！

看到這裡，我也發現了。顯示在銀幕上的，是我也曾經看過的同人誌。

接下來是影片。

畫面上出現一名臉上打了馬賽克的少女，舉起一本「同人誌」。接著，翻開這本同人誌，拔掉釘書機的「針」，把整本書解體。這本書就像封住內容的「機密函件」式請款明信片一樣，表層的紙張剝落，露出底下以細小文字寫得密密麻麻的原稿。

——雙、雙層結構……？

這個機關實在太費工，讓我看得吃了一驚。

的確，如果只是販賣同人誌，也許就會被伽神發覺，所以才會用這種雙層結構。之所以特意選擇紙本，多半也是為了防止被他透過網路搜尋到吧。

【這本書與當天在展售會上提交給營運方的「樣書」相同，在於該月舉辦的七場展售會上，也都提交了同樣的樣書給營運方】

——原來如此啊……

這是經過重重盤算的「鞏固證據」。在多場展售會當成樣書提交出去，就能藉此得到多個證人。而且展售會上任誰都可以買到這些書，這個事實也發揮了加深對方嫌疑的作用。

會場上一整片竊竊私語的聲浪。相信現在眾人是半信半疑。然而，真相遲早會暴露在陽光下。只要能夠鞏固我方「先」發表了原稿的事實，之後讓這事實傳開，再指控對方抄襲就可以了。而且，現在有這麼多出版業界的相關人士知道了這抄襲嫌疑，無法含糊帶過，不了了之。

黑井收起筆記型電腦後，一把扯下胸前的名牌，恢復黑井冥子平常的面目後，慢慢走向台上。她的背影讓我感受到要了結這一切的堅定決心。

少女走向台上，理所當然地從主持人座位上抓住麥克風……

「伽神，給我出來。」她以低沉有力的嗓音對會場呼喝。「我是『春風波卡』，我可不許你說你忘了這個名字。」

這個時候。

「不說話讓妳講，妳還真給我得寸進尺。」

一個粗俗的嗓音響起。

轉頭看去，一名男性慢慢走向台上。他一身西裝穿得有點隨興，身材相當瘦削。聽得見看似編輯的人對他呼喊：「伽神老師……！」

——啊！

看到他的臉，我才發現。監視攝影機拍到的那個快遞男跟他很像。

黑井與男性在台上對峙。作者與剽竊者，一段超越時空的恩怨。

「麥克風給我。」「好、好的，伽神老師。」

這名男性——相信應該不會錯，他就是伽神春貴——朝主持人伸出手。儘管還是出道第一年的作家，卻已經對明顯比自己年長的主持人說話這麼粗魯。

一陣尖銳的麥克風爆音過後，伽神開始說話。

「哎呀～春風，什麼的……小姐？」

明明應該早就知道這個名字，他卻故意說得像是第一次聽到。他不可能不知道自己甚至動用了Space Write這樣的手段來進行抄襲的對象叫什麼名字。

「妳這樣散布謠言，會讓我困擾。」

「不是謠言。」黑井反駁。「全都是你做過的事。」

「各位來賓，還請放心。剛才的畫面全都是謠言～」

「是真相。」

黑井簡短但尖銳地反駁。

「真拿腦袋不好的人沒辦法。」伽神語帶滿滿嘲諷。「我馬上就讓妳啞口無言。」

接著他回過頭來。

「總編，德川總編。」

他喊得非常輕浮。

結果一名年紀較大的男性走上講台。儘管被這樣叫的時候看得出他的不悅，但這個被稱為總編的男子——似乎姓德川——仍然上了台。

「總編，這女的啊，說我是抄襲啦。」

伽神以小孩子般的口氣這麼說，即使對年紀相當大的總編也不客氣。總編皺起眉頭，像是在壓抑苦澀的表情。

「你來告訴這女的，這個社會是怎麼運作的。」

「……伽神老弟，我該怎麼做？」

「你也知道～～我『去年』不是交給你一份原稿了嗎～～？那就是不動如山的鐵證，把這件事跟她說清楚。」

「——去年？」黑井的臉頰抽搐了一下。

這是怎麼回事？伽神應該是Space Write到今年七月，結果卻說到去年？

「沒有啦，我啊，想到可能會有這種事，所以『為防萬一，在「去年」就用郵件把原稿寄給德川總編了』。把《孤獨黑暗的另一頭》系列的原稿，一共三十八集，全部寄給他。」

「這……！」黑井啞口無言，接著看向總編。

總編有幾分不情願似的回答「是真的」。他靜靜地陳述自己知道的事實關係。

「我……在『去年七月前後』，從站在這裡的伽神老弟那兒收到了一份分量非常多的原稿，是以文字檔附在郵件中寄來。所以，伽神老弟的作品——不可能是抄襲。」

「這怎麼可能。」黑井已經忘了要用麥克風說話。

「要郵件的收信紀錄也有喔。想也知道是真的吧！」伽神說到這裡，得意地大喊。

「好啦，妳搞出這些事情，是要怎麼賠我！」

「…………」

黑井啞口無言，什麼話都說不出口。

「給我道歉。」

剽竊犯大言不慚地要求真正的作者道歉。

「來啊，道歉啊。妳做的事情，可是不折不扣的毀謗啊，給我當場磕頭道歉啊。只要妳照辦，我就不對妳要求賠償。我人很好吧？」

「……！」黑井默不作聲，瞪著對方。

「怎樣怎樣？剛剛那是騙人的？」「好像是假的。」「總編都那麼說了……」先前吞著口水觀望的其他來賓也開始交頭接耳。

接著觀眾喊了起來。「道歉。」「道歉啊～～」雖然喊的人只是少數，這些聲音卻支配了整個場面的氣氛。情形已經完全演變成是黑井不對。

——太離譜了。

怎麼可以發生這種事情？剽竊犯竟然要求真正的作者道歉。做賊喊捉賊也要有個限度。

我跑向距離講台最近的第一排。就近一看，黑井臉色蒼白，微微發抖。她作夢也沒想到對方還留了這麼一張王牌。這也不能怪她。伽神是Space Write到今年七月，書籍出版是在九月，所以黑井才會在出版前就準備證據——也就是同人誌展售會的樣書。結果這個證據卻被足足一年前的紀錄推翻，等於整個計畫從最根本的部分遭到破壞。而且他是要怎麼在足足一年前就把原稿用郵件寄過去？

「分出高下了吧。」

伽神露出得意的笑容，鏗的一聲把麥克風一扔。「唉～～所以我才受不了沒有才能的傢伙，就是見不得人好。」還故意用讓人聽得見的音量丟下這麼一句話。

「總編，『那個垃圾』就麻煩你善後啦。」

伽神嘴角一揚，朝黑井一瞥，走下了講台。黑井膝蓋一軟，跪到地上。

「我、我們先休息一下！」主持人這麼一喊，舞台的燈光再度關掉。

我跑上台，跑向黑井身邊。我讓失魂落魄的她靠到我肩膀上，勉強扶她走下階梯，結果編輯就叫住我：「喂，你。」

接下來會變成什麼情形呢？我心中閃過這樣的不安，但也已經無計可施。

我們就這樣打了敗仗。

第四章　自己的故事（Original）

1

東京都內高級住宅區，一棟很新的高層公寓大樓。

黑井的住處就位於這個不像是高中生會一個人住的地方。

六〇三號室。

「我要進去嘍……？」我的手伸向門把，但沒上鎖，室內一片漆黑。玄關只放著鞋子，完全看不到各種生活用品或雜物，感覺就像被人帶去看燈具故障的新成屋。

我在昏暗的走廊上緩緩前進，結果感覺到最裡頭的房間有人在。我用手指在牆上摸索，按下開關，淡淡的橘紅色燈光隨即亮起。

房裡坐著一名少女。

「黑、黑井？」我叫了她一聲，她那被楊柳般的頭髮遮住的臉微微轉了過來。一個黑髮少女坐在陰暗室內的光景，簡直像是地縛靈。

「喂、喂，妳還好嗎？」

我繞過去看看黑井的臉，發現她看起來比之前更瘦削。用看的也知道，她都沒好好吃飯。

「黑井……」我在她身邊坐下，放下書包。

黑井什麼話也不說。我也不知道該說什麼才好，就只是坐著。

距離那場出版社的尾牙——也就是我們「敗給」伽神的那一天，已經過了好幾天。

後來我們被出版社的員工叫去問話。由於秋櫻幫忙說情，才沒鬧上警局，但身分證明文件與聯絡方式都被留下，還聯絡了我們的家人。黑井始終失魂落魄地踏上歸途。

伽神春貴順利發表新作，新作與前作一樣，轉眼間掀起熱賣的風潮。伽神或許是因為「贏了」黑井而更加得意，還開始在媒體露面，得意洋洋地大談他的「創作」。照計畫一共有三十集以上，敬請各位讀者期待——這個剽竊犯光明正大，公開宣告要盜用黑井的所有作品，而且還不受任何人責怪，為社會所接受。

黑井一直不說話。就像失了魂魄，一張了無生氣的蒼白臉孔在黑暗中格外醒目。

我環顧室內，在黑暗的另一頭看見了一台筆記型電腦。順著線看去，看到一台印表機，上面堆起大量印過的A4紙張。伸手一拿，發現這疊紙已經用雙尾夾夾住，結果還是得整疊拿過來。第一張寫著：

《孤獨黑暗的另一頭(39)》。

聽黑井說，她未來發表的作品，一共出到三十八集。既然說是第三十九集，也就是尚未發表的原稿，無論在過去或未來。

不用她說，我也猜得到。黑井就是一直待在這空無一物的房間裡，獨自寫著「續集」。打算有朝一日從伽神春貴手上搶回自己的作品，到時候就要接在已經出版的三十八集後，發表這最新一集，第三十九集。

我翻閱原稿，小小的文字在上面寫得密密麻麻。昏暗的燈光下，小小的字體讀起來很吃力，但這分量讓我感受到非比尋常的熱忱。拿起別疊紙一看，發現有著多次推敲的痕跡，體現出少女孤獨的戰鬥。「謝謝你，你是我的英雄。」——看到這樣的台詞，現在讓我覺得好悲傷。

「…………！」

先前一直不說話的少女發出了聲音。像是一口氣喘不過來的聲音。

「我——」

她視線所向的原稿，是我剛才在看的「最新刊」。

「連這種東西……都寫了……」

黑井在發抖。剛認識她的時候，覺得她的存在感強得令人毛骨悚然，彷彿看穿了我的一切，讓我覺得她好高大。但現在的她只是個瘦弱的身體發抖，說話很小聲的平凡的十幾歲少女。

接著這個少女……

「我明天——」

擠出聲音說了。

「就回未來。」

2

比漆黑更加深沉的黑暗中。

頭上的一整片夜色就像沉重的布幕漸漸垂下。我用冰冷又沉重的空氣填滿整個肺，踩著搖搖晃晃的腳步走在街上。

心情差到了極點。

——我明天，就回未來。

我沒問要怎麼回去。畢竟也有過葉月的前例，想來黑井大概有某種手段可以回去。不知道是要用那個「視網膜ＡＰＰ」，還是另有別的方法。

黑井回去之後，現在的黑井會變成怎樣呢？我想到這樣的問題。會像我離開之後那樣，昏迷不醒嗎？還是說，從未來前往過去的情形，會和從過去回到未來的情形不一樣呢？我無從查證，也沒有人可以問。

黑井回到未來的世界後，究竟會度過什麼樣的人生？一個把生命投注到小說上的少女，寫出來的小說卻被搶走，甚至背上剽竊犯的臭名，度過一生。那是難以承受的痛苦——是用上再多言語都難以形容的活地獄。在這地獄的盡頭，少女會做出什麼選擇，我光想像就覺得可怕。

「唔……」走著走著，看到站前的大看板上寫著「伽神春貴　眾所矚目的最新刊！」，還可以看到剽竊犯笑得洋洋得意。

正義必勝。

小時候大人是這麼教我們的。不管是動畫、漫畫，還是遊戲，最後全都是正義的一方獲勝。雖然途中也有英雄方戰敗的橋段，但那都只是為了在最後一舉反敗為勝而存在的暫時性失敗。

但現實不一樣。正義落敗，邪惡昂首闊步。有權勢的人就算說謊、貪污稅金、竄改公文，都不會被問罪；電力公司讓核電廠爆炸，散播輻射物質，也不會遭到逮捕；黑心企業的經營者到頭來還是賺了一大筆錢，過著悠遊自得的老年生活。反而是受害者被迫過著艱苦的生活，一旦發出抗議的聲音，還會在網路上遭到抨擊。這當中不存在正義，是先下手為強的世界。現實世界中不存在超級英雄。

伽神春貴是如何能在二〇一六年七月的時間點，將原稿寄給總編呢？這我不知道。是只將文字檔從未來寄到過去，還是用了其他方法？

伽神春貴將原稿檔案寄給總編，是在二〇一六年七月。

黑井冥子Space Write到這個時代，是在二〇一七年七月。

除非能夠彌補這一年的差距，否則我們就沒有勝算。除非作品在時間上「先」發表，否則就絕對無法證明「抄襲」。而黑井已經無法回溯到更早的時間。這點我也一樣，任誰都再也沒有辦法揭發伽神的舞弊。

我好不甘心。想起伽神賊笑的嘴臉，我就氣得心情都變很差，再加上黑井的眼淚，更讓我氣得快發瘋了。然而，面對「時間順序」這堵高牆，這些情緒也立刻就被當頭潑了一盆冷水，轉化為絕望。我都這麼不甘心了，真不知道黑井有多麼不甘心；我都這麼絕望了，真不知道黑井是多麼絕望。光想像就覺得心痛。

就在這個時候。

「——嗨。」

——！

聽到這個說話聲，我回過頭去，但沒有人在。

「這邊這邊。」又聽見說話聲。前面不遠的地方有條小巷子，我帶著狐疑的心情湊過去一看……

「啊……」

有東西飄在空中。一個人腳踏在牆上，彷彿重力來自牆的另一邊，往橫向運作，是一幅違背常識的光景，連貝雷帽都無視重力的存在。

「嚇一跳了嗎？」

我自認都碰過這個不可思議的少女好幾次了，不管她做什麼我都不會吃驚。然而，當這種顯然無視物理定律的人物就存在於自己頭上，怎麼想都只覺得是惡夢一場。這個少女果然是魔物。

「啊，你又在想沒禮貌的感想。」

「妳來做什麼啦？」我心一橫，開始對話。看著少女橫向的臉孔，讓我產生一種空間遭到扭曲的錯覺。

「看你表情那麼凝重，讓我有點掛心。」伊緒的眼睛亮起。「為什麼你現在這麼消沉呢？」

「咦？」

這個意料之外的問題讓我不知道該怎麼回答。

「看你一臉嚴肅，可是你現在面對的問題有那麼難嗎？」

「妳等一下。」

被這個開玩笑的橫向少女問出開玩笑的問題，讓我有點生氣。

「對妳來說也許事不關己，但這是非常嚴重的問題。黑井她——」我說到一半才想到不對。說來伊緒先前似乎就對黑井抱持戒心，她們兩人是什麼樣的關係？

「哎呀，怎麼啦？你說黑井冥子怎麼了？」

橫向的少女出言挑釁，我不由自主反駁：

「對黑井的人生而言，這是很重要的問題。妳也許不懂，該怎麼說，『夢想』這種東西非常重要，是人生中無可取代的東西。」

「嗯嗯，然後呢？」

「就是說，我想……想幫助黑井。可是……」我應該對對方感到憤怒，但一想起現實，聲調就變得低落。「該怎麼辦才好……」

「努力去拚不就好了？」少女說得輕鬆。

「別說得這麼簡單。」

「就是這麼簡單啊。你一臉絕望的表情，覺得已經不行了，無計可施了，可是讓你一籌莫展的對手『等級』有這麼高嗎？」

——咦？

突然跑出的這句話繚繞在耳邊……等級？

「伽神春貴——中神公太郎，來自未來的剽竊犯。掠奪別人的作品，搭上別人設計出來的時光機，穿別人的兜襠布去相撲。這樣的對手——」

橫向的嘴唇笑了。

「『等級有那麼高嗎』？」

什麼？她想說什麼？

「你啊，似乎覺得這次的對手是很難纏的強敵，但在我看來，那種角色只是第一個城鎮裡最底層的敵人。」

「最底層……？」

我無法理解。用時光機搶先一步，鞏固了萬全證據的大人氣作家。這樣的對手是最底層的等級？

「之前我不也說過嗎？『人生中不管成功還是失敗，都會得到經驗值』。可是啊，平野大地同學，這種經驗值終究『「只有戰鬥過的人」會得到』。」

「戰鬥過的人？」

「不管是考試、社團活動、運動、人際關係、戀愛，還是小說——就是因為靠『自己』的力量努力過，才會變成『經驗』。這是當然的吧，因為是『經驗』啊。」
她仍保持橫向的嘴脣說得流暢，我就只是默默聽著。
「所以啊，偷走『別人』成果的人不會得到任何經驗。因為做出成果的終究是『別人』，不是『自己』啊。」
遠方有汽車開過，按響喇叭示警。

「『人生的經驗值，作弊了就得不到』。」

不知不覺間，少女的影子漸漸淡去，變成一個有點透明的輪廓，微微發光。
「所以啊，你對上的是個經驗值零的敵人。雖然你是個等級低的勇者，但好歹在這個世界也累積了一些經驗，所以只要正常對抗，你就不可能會輸。我不會說百分之百會贏，可是，只要正常對抗，基本上不會輸。因為——」
伊緒說到這裡，輕巧地跳了下來，在巷子裡著地。
「『你的等級比較高嘛』。」
「這到底是什麼意思……」我很想問清楚她這番發言的真意，但少女已消失無蹤。
巷子很窄，根本沒辦法從我身邊溜過，但眼前只有一個灰色的狹窄空間。
——只要正常對抗，基本上不會輸。

正常對抗?我思索她這句話的含意。

難不成……腦海中浮現一個可能性,轉個不停。

就好像命運的齒輪。

會順利嗎?不對……

黑井悲傷的側臉掠過腦海,讓我握緊了拳頭。這種時候不是靠盤算。

就是要做。

不知不覺間,我已經跑了起來。

3

大約兩小時後,我帶著黑井,站在這棟大樓前。

「角永總公司第一大樓」。

金屬製的看板上以哥德字體深深刻著這幾個大字。

我曾聽秋櫻說過,出版社的編輯很晚上班,也很晚下班。我不知道今天是否也如此,但我有一種預感。

「平野大地,等一下。你打算做什麼?」

來到大樓門口，黑井退縮了。在她住的公寓裡，我也跟她脣槍舌戰了一番，好不容易才說服她，帶她到了這裡。這幾乎是強迫，但現在我也別無他法。

「我剛才不也說過嗎？我們要找編輯再談一次，告訴對方妳才是真的作者。」

「可是……」黑井在瀏海下撇開了視線。她用很小的聲音說：這件事不是已經了結了嗎？

「還沒了結。」「咦？」「別問那麼多。」少女還在猶豫，我便拉起她的手，走進大樓。

門口進去就有櫃臺，兩名女性並肩坐在那兒。站在她們身後不遠處的警衛朝我們看了過來。

「對不起，麻煩找角永第一文藝編輯部的，呃……德川總編。」

「好的。可以請教您大名嗎？」

「那個，其實——」

我們等了兩小時。

「——總編！」

一名年長的人物從電梯走出來，我立刻留意到了。我不理櫃臺人員，跑了過去，警衛就攔在我身前。

「對不起，德川先生！德川總編！」

我大聲呼喊。總編看到我的臉，露出狐疑的表情，但總之是停下了腳步。

「有關伽神老師的事，我們有話要和您說！」

總編露出驚覺的表情。看來他想起了站在我背後的黑井。我們當然沒預約，結果櫃臺也不幫我們轉接。也就是說，我們就只是堵在這裡等人。

「你們兩個……」總編走過來。他的表情很明顯是傻眼。「有什麼事啊？」

「很抱歉我們突然跑來打擾。日前在尾牙宴上，那個……鬧了事，敝姓平野。」

「我知道。」總編看向黑井。「所以，有什麼事？」他催我說下去。

「我想再次重申，站在這兒的黑井才是伽神春貴作品的真正作者，所以來拜訪。」

「這件事應該已經結束了吧？」

對方狠狠瞪了我一眼。

「還沒結束。呃，黑井，那個拿來。」我朝背後的黑井伸出手。黑井面對總編，似乎有些退縮，但還是從包包裡拿出一個信封。

「這個，是《孤獨黑暗的另一頭》最新刊的原稿，是第三十九集。只要讀過這個，相信您一定會明白誰才是真正的作——」

「你們不要太過分。」總編用手揮開我遞出的信封。「我啊，是去年就從伽神老弟那兒收到了原稿。我當然全都讀過了，那些稿子非常棒，你們卻想掠美，難道都不會覺得可恥嗎？」

「不是的，正好相反。是伽神春貴偷走了黑井的原稿。」

「你們有證據嗎？」

總編以嚴厲的口氣說。他粗粗的眉毛與深深的皺紋都透出他人生與職業兩方面的資深。光是願意聽我這種小伙子說話，就證明他是個很有度量的人了。我在宴會會場上已經多少看出，秋櫻的情報也顯示如此。

所以我才會做出這個賭注。

「這就是證據。」我堅持遞出黑井的信封。「只要看過這個，相信您一定會明白誰才是真正的作者。」

「我們一向不接職業作家以外的人送來的原稿。去應徵新人獎吧。」

「黑井是職業作家。只要看了這個，您就會明白才是。」

「既然說是職業作家，那她的著作叫什麼名字？」

「這……」我變得吞吞吐吐。「就是叫《孤獨黑暗的另一頭》。」

「這沒得談。」

總編當場就要離開。我大喊：「請等一下！」想阻止他，但警衛攔在中間。

「平、平野大地……」黑井揪住了我的衣角。「可、可以了啦，謝謝你。已經，可以了……」

「什麼東西可以了？」

「畢、畢竟……」黑井在發抖，用像是隨時都會停止呼吸的嗓音說：「已經，沒辦法了。已經，結束了……」

——不只是工作和收入。

黑井的話在我腦海中甦醒。就好像以前看過的小說台詞，無意間告訴了我重要的是什麼。

——還包括我活到現在的自尊、喜悅、哀傷、回憶，與好友的情誼——這一切，人生的一切……

還沒結束。

——都被他搶走了。

「還沒結束。」

我又說一次。

「不可以讓事情就這麼結束。」

「咦……？」黑井看了我一眼。她瀏海下的眼睛已經微微濕潤，讓我想到了一個和現在無關的念頭，覺得如果從黑井身上拿走「面無表情」這個面具，想必她平常都是這個樣子。

「妳是這套小說真正的作者。所以，妳放棄這套小說，就和妳放棄妳自己一樣。」

突然開始的這段演戲般的對話，讓總編與警衛似乎都看傻了眼，呆呆聽著。

不管別人怎麼看我都無所謂。

——就算還在呼吸，心也已經死了。

只要是為了繫住黑井的靈魂，要我做什麼都行。

「總編……」我彎下膝蓋，雙手觸地。

下跪磕頭。

我這輩子第一次這麼做。

我把額頭往地板上蹭，說道：「黑井她是個了不起的傢伙。她很努力，寫小說，努力抓住了自己的夢想，是個很了不起的傢伙。」

「…………」總編默默聽著。他是傻眼，還是吃驚？我不知道他內心作何感想，而且我也只看得見地板。

「她和我不一樣，很了不起。她有才能……我自己是個連夢想也沒有，什麼努力都不做，還是個……會看不起、嘲笑別人夢想的雜碎。可是，她不一樣。她有夢想，一直努力拚到今天。」

「你是平野同學是吧？」總編說話的聲音從上方傳來。「大家，都是這樣。努力，拚命，想實現夢想，這些都是當然的。我們公司的新人獎，每年都會收到超過五千部的應徵稿。每一部稿子幾乎都還不成氣候，還很生疏，但都是滿懷熱情，一字一句寫下多達幾百頁的稿紙，然後送來應徵。所以啊，我不能在這個地方，只對你們的原稿給予特別待遇。」

總編以鎮定的語氣開導我似的說道。他說得很有道理。

可是現在的我非得撬開這道理的高牆不可。

——人生的經驗值——

這句話莫名掠過我的腦海。

——「只有戰鬥過的人」會得到。

「還請務必看過這份原稿！這份原稿是她的靈魂，是她的心，是她人生的結晶。求求您，還請看看這份原稿！」

「…………」總編沒有反應。

玄關大廳這一帶開始出現交頭接耳的聲浪。「那是怎樣？」「誰知道呢……」路過的員工竊竊私語。「平、平野……」我聽見黑井泫然欲泣的聲音。我是否害她一起丟臉了？會不會有更明智的方法？但我只是個什麼都沒有的高中生，想不到其他方法。

「呼～～」頭上傳來像是為難的呼氣聲。

接著總編宣告了。「我們公司禁止業餘作家帶稿子來，這條規則不能更改。因為這樣會對其他應徵者不公平，損及公平性。」

「唔……」

「可是——」接下來的話出乎我意料。「有個最近就要截止收件的新人獎，叫『寒冬文藝競賽２０１７』。我也擔任這個比賽的評審，如果希望我看稿子，就去應徵這個比賽。當然必須確實遵守應徵規定，也要附上報名表。」

啊……

總編留下這幾句話就快步離開了。

「平野大地……」

抬起頭一看，眼前是有著哭臉的少女。

「對不起，黑井。原稿，還是沒能交到他手上……」

「不會。」

黑井將原稿捧在胸前的手使勁，帶著濕潤的眼神說：

「我會去應徵。」

4

於是事態有了進展。

「不好意思啊，突然找你們來。」

數日後，又是在角永總公司第一大樓。一名眉毛長得很狂野的年長男性走了進來。

德川行長。出版業界沒有人沒聽過這個像是戰國武將的名頭，這點無論秋櫻還是黑井都告訴過我。我先前無禮的舉動──未經預約的突襲堵人還下跪磕頭──聽說只要是多少曾經置身在這個業界的人，都會覺得太離譜。

「哪裡……我才要說對不起。」姑且不論對方找我們來是基於什麼意圖，光是能夠讓他像這樣正式接見我們，就已經難能可貴。

「應徵原稿，我看過了……坦白說，我嚇了一跳，沒想到竟然有應徵者可以寫出這種水準的原稿。所以，我有事情想問黑井同學。」

「是。」

「這是不是可以視為系列作的最後一集？」

德川總編兩眼亮出精光。黑井有點緊張地點點頭。

「是嗎……」總編大感佩服似的說下去：「先前所有的伏筆、鋪陳，全都收得非常完美，而且找出了一個除此之外絕無可能的著地點。太漂亮了。把三十八集全部重新讀過，就會發現從第一集就經過計算，讓所有線都收到這裡。」

什麼？總編想說什麼？

「我的判斷是，如果不把《孤獨黑暗的另一頭》未發表的部分全部讀過，就絕對寫不出來——不對，即使讀過，除了作者自己以外，都寫不出這樣的內容。然而，我從一年前就從伽神老弟那兒收到了整個系列作品的原稿，這些原稿不會洩漏出去，即使是編輯部內，除了我和責任編輯，應該還沒有任何人讀過。這樣一來——」

總編說到這裡，朝背後的門說了聲：「進來吧。」

咦……！

一個二十幾歲的瘦削男子現身了。這張臉，我想忘也忘不了。

——唉～所以我才受不了沒有才能的傢伙，就是見不得人好。

伽神春貴。

「你堅持要我來，我才跑來……結果這不是春風波卡大師嗎？妳還沒學乖啊？」

黑井全身一震，做出防備的姿勢。伽神背後有看似責任編輯的人一臉為難的樣子，反手關上身後的門。

伽神坐到椅子上，明明在總編面前，卻很跩地翹起腳。資歷較淺的責任編輯站在他身後，頻頻窺看總編的臉色。

「不好意思啊，伽神老弟。」

「真的是啊。」伽神一點也不掩飾自己的得意忘形。「都決定要拍電影版了，我有很多事情要忙，還請多幫我想想啊。」

「我知道。」

總編不改臉上嚴肅的表情，做出成熟的對應。

伽神仍然跩得整個人往後仰。「然後呢？」他看向黑井的臉。

「你們兩個，現在才跑來道歉？」

——這傢伙……

我在腿上用力握緊氣得發抖的拳頭。如果是一對一見到，我早就動手揍他了。

「我人很好的，只要妳表現出誠意，我也可以考慮，妳說是不是啊，春風？」

「伽神老弟。」總編告誡似的說道。「今天我安排的不是道歉的場合。」

「啥？」伽神的神色轉為黯淡。

「伽神老弟，還有黑井同學，今天我希望你們接受『測試』。」

咦？我和黑井對看一眼。

「啥啊啊！」發出最大驚呼聲的是伽神。「測試？這是怎樣？我可沒聽說啊。」

他瞪著站在背後的責任編輯。「對、對不起，我也不知道是怎麼回事……」編輯回答得吞吞吐吐。

「我要回去了。」

「伽神老弟。」總編以強而有力的語氣說。「拜託你。」

「嘖……搞什麼啦。」

伽神鬧彆扭似的斜斜坐回椅子上。

於是「測試」開始了。

「首先我要問黑井同學。在《孤獨黑暗的另一頭》第十二集出現的新角色藤堂遊馬，他參加的社團是？」

「柔道社。」

「他的拿手招式是？」

「拋摔。」

「第一次用是在？」

「對上縣立若葉台高中的地區預賽。」

黑井不愧是作者，回答得十分流暢。

「那麼，伽神老弟。」

「呿！」他拄著臉頰，不服氣地咂嘴。

「系列第二十集，女主角的母親參加法會是去——」

「文王寺。」

「……答對了。那麼，同一集裡，這位母親碰巧遇見的對象——」

「高柳。他在修抛錨的車。」

「答對了。」

——這傢伙……

他應該是剽竊犯沒錯，剽竊別人的作品，占為己有的人。然而，他什麼都沒看，甚至沒花時間回想，立刻做出回答，簡直像真正的作者。

這個準備周全的剽竊犯之後也很流暢地回答問題，有時還搶在對方問出來之前就說出答案。黑井當然也持續答對，然而……

「呃——」破綻來臨了。「伯爵茶……？」

「很遺憾，第二十三集的主角在咖啡館喝的紅茶是大吉嶺紅茶，伯爵茶是在第二十二集。」這是個即使是作者都難免窮於回答的問題，但答錯就是答錯。

「看吧！」伽神站起來。「露出馬腳了吧，妳這抄襲犯！」

「唔……」黑井低呼一聲，全身一顫。被最可恨的對象罵出侮辱的話，讓她的手掐得大腿顯得好痛。

「這下定出輸贏了吧，春風老師。不，妳是個一點才能都沒有的女毛賊，還特地把最後一集的原稿寫好帶來，真是辛苦妳啦！」伽神說到這裡，把原稿掀翻，稿紙掉到地上。可說是黑井靈魂的原稿散了一地，連『謝謝你，你是我的英雄』這句台詞都露了出來。伽神把其中一張稿紙踏得皺成一團，還笑著說：「哎呀～～我來的路上是不是踩到狗屎啦，不過正好這裡有紙可以擦啊～～」

憤怒與懊惱，讓我幾乎要發瘋了。

就在這個時候。

——人生的經驗值，作弊了就得不到。

這句話突然在我腦海中掠過。

——不管是考試、社團活動、運動、人際關係、戀愛，還是小說——就是因為靠「自己」的力量努力過，才會變成「經驗」——

伊緒早就斷言：「你對上的是個經驗值零的敵人。」

「——給我等一下。」

我叫住了伽神。

「你這個小偷，不要以為你已經贏了。」

「啥？」對方轉過來瞪著我。「而且你是誰啊？看你理所當然地坐在這裡，但你根本是外人吧？」

「這種事不重要。」

我灌注怒氣說話。

「你這樣真的好嗎？『你的人生就這樣，真的好嗎』？」

「啥？」伽神皺起眉頭。「等等，總編，這小子是怎樣？」

「不要逃避，我在跟你說話。」

「喂，臭小鬼，說話不要那麼囂張。你知不知道我是誰——」

「知道啊，『中神公太郎』。」

「你……！」這次輪到伽神吃驚了。

「你大概覺得已經贏過坐在那邊的黑井，但是你錯了。你已經輸了。」

「啥？你鬼扯什麼……」

「不管你騙得過誰，『只有你』最清楚，清楚自己是冒牌貨，是個空殼子，試著偷走別人作品的抄襲犯。只有你知道。」

「喂，開什麼玩笑，我不說話，你還給我得寸進尺。」

「得寸進尺的是你！」

卯足全力的喊聲在狹小的室內迴盪，讓伽神瞪大了眼睛。

「不管你以後多暢銷，變得多有人氣，多有名，多麼被媒體、社會大眾吹捧，變成億萬富翁……只有你自己最清楚，清楚你是偷了別人的作品才變得有名。你逃避人生的一切，就算沒被任何人拆穿，只有你知道自己做了什麼壞事。你在棺材蓋上的最後那一瞬間，也會這麼想，『我自己什麼才能也沒有，不但沒有才能，還是個偷走別人作品的小偷』。」

「你、你這……」伽神氣得臉發紅，但我沒住口。

「你沒有任何進步，老是穿別人的兜襠布去比相撲，一直依靠別人的力量，沒有任何東西是靠自己爭取到，就這麼一直活下去。連小孩子努力練習寫平假名都比你高等。你等於在自白你沒有才能，你抄襲黑井的作品，就是你自己放棄了自己！」

「臭小子……！」

伽神揪住我的衣領，但我繼續說：

「動手啊，至少打架總要靠自己的力量打，就算作品是抄別人的。」

「就說我不是抄襲了！」伽神大怒了。「我有才能！可是過去社會大眾都不給我肯定！那些笨蛋媒體、無能的編輯，還有無知的讀者、愚昧的同行，沒有一個人肯定我的才能！你懂嗎！不管多努力，多拚命，花了好幾個月、好幾年，用打工的空檔寫下來的作品一次又一次被刷掉的人會有什麼心情，你會懂嗎！」

這是伽神春貴——不，是追求夢想的一名寫手——中神公太郎的吶喊。

「那我問你。」我揮開伽神的手，順勢踏上一步。我們在鼻子幾乎要碰到的距離，用彷彿不良少年的目光狠狠互瞪。他背後的新進編輯十分窘迫。聽得見黑井的嗚咽聲。不知道總編臉上是什麼表情。

但我繼續說：

「伽神，如果你是這套書的作者，你應該會知道——知道這套作品的『主題』。」

「咦？」伽神露出沒料到會有這麼一問的表情。「主題？」

「沒錯，就是主題。貫穿整套作品的主題。如果你是真的作者，當然會知道吧？」

我說完一瞪，伽神就退開半步。他撞上背後的編輯，看得出他有多窘迫。

「怎麼啦，伽神大師，不是你自己的作品嗎？總該知道是寫什麼主題吧？」

「我沒必要告訴你。」

「伽神老弟。」這時總編開口了。「我也希望你告訴我這套作品的主題是什麼。如果你是真正的作者，不可能不知道。」

「喂、喂，你還在懷疑我……」

伽神嘴上這麼說，卻已經沒有剛才的氣勢。

他朝背後的責任編輯瞥了一眼，但編輯只為難地搖搖頭。沒有任何人幫助他。

——你對上的是個經驗值零的敵人。

我終於明白伊緒這句話的意思了。

經驗值零——因為，「他連這麼簡單的問題都答不出來」。

「主、主題根本就不重要吧？」

「對你來說，這套作品就這麼不重要？」

「你說什麼？」

「不然你就說出主題啊。」我已經知道他的弱點了。他從一開始就敗露了。

他看了黑井的作品很多次，全都背了起來。無論人物、劇情，還是瑣碎的設定，全都記到腦子裡，為了不讓抄襲穿幫，一直非常小心防範。

但這些不過是臨陣磨槍，因為他終究只是個小偷。

他根本不可能知道真的消磨靈魂寫下作品的作者有著什麼樣的想法。

「來啊，把主題講出來啊。」

「說出來吧，伽神老弟。」

「唔……」伽神勉強擠出答案。「這……這就是青春小說吧。」

「我不是問你分類。」

「對了，戀愛，是戀愛！以女主角的戀愛為主軸——」

「我不是在問你劇情。」

「對了，是動作！跟看不見的犯人之間，展開令人屏氣凝神的對抗——」

就在這個時候。

「——夠了，伽神春貴。」

先前一直沒說話的黑井冥子開了口。

真正的作者說話了。

「這套作品的主題，是【人生】。」

「咦……？」伽神發出狀況外的疑問聲。「人、人生？」

「對。」黑井滿懷確信地斷定。

「嘿、嘿嘿，妳在說什麼啊？人生這兩個字，作品裡面都沒寫——」

「伽神老弟。」總編打斷他說話。「我明白了。終於連我也明白了。」

「明白什麼啦？」伽神的口氣始終很沒禮貌。

總編宣告：

「伽神老弟，『你才是剽竊犯』。」

「這……」

「《孤獨黑暗的另一頭》這套作品，三十八集——不，包括放在這裡的原稿在內，一共有三十九集。整套作品有個共通而明確的主題作為基底，當成娛樂作品來看的讀者也許不會清楚地意識到；喜歡推理或解謎成分的讀者也許會忽視這個主題。可是啊，伽神老弟，如果你真的是這套作品的作者，就絕不可能說不出這套作品的主題。這就和做菜的人講不出自己用的食材叫什麼是一樣離譜。」

這位老將級的總編以蘊含魄力的聲調說下去。

「這套作品三十九集，每一集都把聚光燈打在一個不同的登場人物身上，描寫他們的【人生】。但這只是透過情節來描寫，並沒有提到人生這兩個字。可是，這些登場人物各自煩惱、掙扎、痛苦，在這樣的過程中【孤獨】地面對自己的人生時，所有情節都用了【黑暗】這個比喻。而主角會在這黑暗的【另一頭】找到新的希望，找到【人生】。三十九集，每一集都是這樣，這一切匯集起來，就是書名【孤獨黑暗的另一頭】。你在自己寫的作品用自己取的書名，將主題明示得明確到了極點，卻看不出這一點——不對，不是看不出，單純是因為你不是自己寫的，才會不知道。所以你不可能是作者。」

「開……」

伽神大喊。

「開什麼玩笑，為什麼是這樣！我才是，我才是作者啊！不要被這女人的鬼話騙了！我、我比她有才能多了——」

伽神抓住黑井的肩膀。

「喂。」我抓住伽神的手，從黑井身上拉開。「不要用你的髒手碰她。」

「痛、痛痛痛……」

我扭住對方的手臂往上翻。

他很無力，連根本沒做什麼運動的我要扭住他瘦弱的手臂都是輕而易舉。等級很低——我再度體認到伊緒說的話。

我一放開手，伽神就撲上來抓我。

「要、要不是，要不是有你，我、我就是人氣作家，作品拍成電影，可以讓人生重來！」對方打了過來。

「人生啊——」

我舉起拳頭。

「不可以作弊啦，哈姆太郎！！！」

這一拳叩的一聲，在他臉上打個正著，打得哈姆太郎——中神公太郎整個人往後倒。他撞在責任編輯身上，使得兩個人一起坐倒在地。錢包之類的雜物從伽神的口袋裡掉到地上，發出清脆的聲響。

「你敢打我！」

伽神手撐在地上，站了起來。我心想他還意外地耐打，於是也擺出應戰的架勢。這時——

——！

一名少女突然出現在我身前。

叩一聲悶響響起，伽神的拳頭命中了少女——黑井的臉。

「哈、哈哈，笨蛋，突然跑出來自己找打——」

「『伽神，小說是什麼』？」

問題來得突然。

「啥？」

「回答我，伽神。對你來說，小說是什麼？」

黑井不管臉上挨了一拳，問出這樣的問題。

「不、不要講這種莫名其妙的鬼話！」伽神揪住黑井的衣領，但黑井面不改色，繼續問下去。

「對你來說，小說也許只是賺錢的手段，也許只是用來得到名聲的工具，不然你應該不會去偷別人的作品。」

「我、我不是說過那是我的作品嗎！」

「對我來說，小說是……」少女就像演講似的強而有力地斷言：「活過的證明。」

「啥？」

「起初光是寫就心滿意足了。光是能把自己的空想與妄想化為文字，就已經得到了滿足。可是，不知不覺間，我開始有了夢想，覺得如果能靠寫小說來養活自己該有多好。然後——」

少女演起獨腳戲般說下去。

「我走向夢想的第一步，就是在高中時去應徵出版社的新人獎，但我一下子就被刷掉了。我花了好幾個月，精練遣詞用字，整理文章，消磨靈魂打造出來的作品，連邊都沒擦到，就只聽到被刷掉的發表，連初選都沒通過。」

這是一名一直夢想成為小說家的少女所經歷的青春與挫折。

「我太自以為是了。我心中隱約相信自己有才能，這種隱隱約約懷抱的毫無根據的自信就這麼垮掉。我好不甘心，好不甘心，就只是不甘心。之前以為是大作的厚厚一疊原稿，突然變得像是一疊一點意思也沒有的紙。你應該也懂吧，伽神。夢想這種東西，還只是一種憧憬的時候最開心。一旦把夢想當成目標，就得有覺悟去面對這活生生的渺小的自己。」

「……這、這種事……」

伽神的聲調轉低。大概是同樣立志當作家，對此自有一番體悟，揪住黑井衣領的手也放鬆了力道，表情轉為難受。

「大概有半年，我做什麼都心不在焉，了無生趣，覺得好像整個城市都在嘲笑不知天高地厚的我。夢到編輯看過我的原稿後，把我的原稿砸進垃圾桶，這樣的夢我作了好多次。可是我就是沒辦法死心，所以我寫了下一部小說。咬緊牙關寫，然後我寫出了第二部。這真的是我使盡渾身解數的力作，在我過去所寫的自創作品當中，無疑是最能滿懷自信交出去的最高傑作就這麼完成了。於是我再去應徵——但又被刷掉了。」

不管是我還是總編，甚至伽神，都專心聽著少女說話。這想必是想當作家的年輕人身上很常見的失敗談，但對當事人而言，卻是自尊遭到重挫的痛苦體驗。

「我一陣驚愕，受到的打擊不是第一部作品被刷掉時可以相比，還覺得一定是弄錯了。如果是在最終審查被刷掉也就罷了，連初選都沒通過。我心想，不可能會這樣。我沒辦法相信這個事實，開始去應徵其他出版社。之前的原稿我也拿去應徵過，也寫了新作。總之有什麼比賽我全都去應徵。我高中畢業，在大學也根本不怎麼去上課，只顧著寫稿，拚命寫，不分晝夜，一心一意地寫，還刊登到流行的網路小說網站上，把所有能通往作家出道的手段都付諸實行——但我被刷掉了，體無完膚地被刷掉，有九成連初選都沒通過。在網路上被批評得一塌糊塗，在出版社的評價卡上也被說得很難聽。我的自信澈底遭到粉碎，當時廢寢忘食都在寫小說，甚至不去求職的我成了無業遊民。」

這個時候，總編看著黑井，一度歪了歪頭。高中生黑井卻在談論大學時代的事，想必讓他覺得莫名其妙。但伽神不一樣，他應該知道黑井說的是真的。這時伽神就像自己正在承受這種痛苦似的，顯得十分難受，已經放開抓住她衣領的手。

「夢碎的過程中，我愈來愈迷失自己。起初只是用自己喜歡的設定，自己喜歡的人物，將自己喜歡的劇情寫成文字就心滿意足了。但一直在新人獎比賽被刷掉的我，漸漸變成只把出道當成目標。我把以前的得獎作品都找來讀過，分析傾向與對策，連和自己作風不同的作品都寫了。即使如此，頂多也只能進到複選。我一心只想得獎，一再妥協與迎合，不斷追逐暢銷風格、追逐流行、追逐讀者的嗜好。於是我——搞不懂了。」

黑井不再看著伽神，就像看著半空中自己的走馬燈似的，看著過往。

「我很不擅長和別人來往，但我覺得只有小說肯定我。文字拯救了不會說話的我。所以我覺得讓小說問世這件事本身，就是我自己，就是我活過的證明——本來我想要的，明明是這活過的證明。」

少女的視線往下，聲調中多了悲傷。

「『我』所寫的小說，已經不再是『我』。我明明是想留下『自己』，卻只在意『別人』的眼光，只寫著討好『別人』的小說。這些小說裡沒有『我』。那時我想活的是『別人』的人生。」

這個時候。

「那有什麼關係啦。」本來一直沒說話的伽神加入了話題。

「討好讀者有什麼不好？追逐流行有什麼不好？商業作品不就是這麼回事嗎？職業作家就是為了賺錢才做的，才不是做興趣的。所以寫會暢銷的小說，也實際暢銷，然後拿到錢，這樣有什麼不對？」

伽神說的話和先前不一樣了。之前玩世不恭，滿嘴汙衊話語的他，現在卻想從正面回應黑井說的話。

「如果是職業作家，那樣也行。可是我並不是為錢而寫，我始終是為了自己而寫。所以當我放棄自己想寫的東西時，就迷失了自己。」

「別講這種天真的話了，妳也是職業作家啦。」

看來連伽神都忘了自己的「設定」。黑井還只是高中生，在這「第二輪」還不是職業作家。

「伽神，你應該也有過『自己』想寫的作品。」

「才沒有這種東西，只要能賣錢就好。」

「你本來應該是想靠自己想寫的東西賣錢。」

「現在出版業不景氣，講這種話根本沒辦法生存吧。」

伽神看起來很難受。但我覺得，這樣的伽神才是原本的他自己。黑井的真心話引出了他的真心話。在我看來是這樣。

「就像剛才所說，我的小說主題是『人生』。你知道這意思嗎，伽神？」

「不要問我。那只是妳自己在講。」

「這個啊，伽神，其實很單純。」

黑井說到這裡，直視著伽神，宣告：

「『人生，就是故事』。」

「……啊？」

「以日本來說──」黑井就像當起紀錄性節目的旁白，淡淡地說明。「幾乎所有人都會上國小、國中、高中……」

這是這個國家裡最普遍的人生軌道。

「漸漸長大成人，找到工作，為了養活自己而工作，活下去。」

無論是我、黑井、伽神還是總編，大家的人生都是這麼一路走來。

「只是，這些軌跡乍看之下一樣，其實卻不同。就算上同一間學校，坐隔壁位子，甚至就算是雙胞胎兄弟姊妹，每一個人的人生都有自己的景色、自己的體驗、自己的苦難、自己的喜悅。就算有些情形下，這些會是共通的，但每個人都有著不能和別人交換，原創的人生。」

黑井像在回想，不時會閉上眼睛，然後張開。

「就像小說，人生也有故事。會哭、會笑、會懊惱、會掙扎……每個人都拿自己當人生的主角，活出只屬於自己的故事。有沒有戲劇性不是問題。這是只屬於自己的故事，不能和別人交換。每個人都活著自己原創的人生，不是任何人的人生的複製品。」

黑井說到這裡，扯開嗓子。

「正因為這樣——」她的聲音迴盪在室內。「小說，就是另一個『自己』。」

我們就只是聽著黑井說話。

「讀者讀小說，把自己投射到主角身上，活出另一個『自己』。把自己投射到主角的人生中，活出和自己不一樣的另一個自己的故事。然後透過像照鏡子，將自己的人生和主角的人生對置，讓兩種人生互相碰撞，從中得到新的發現，接收到訊息。能將自己的人生重合上去的人會有共鳴，碰撞的人會停下腳步，並行的人會得到鼓舞。作品中登場人物的言語、行動、感情、絕望、希望……和讀者的心互相迴盪。這當中就會產生戲劇，產生故事。小說雖然是虛構，卻會變成對讀者而言的『現實』。所以——」

黑井說到這裡，撿起稿紙，舉到身前。

「『這就是「我」』。」

簡直以自己為豪。

「現在，我手上的這些稿紙，就是我自己。你懂嗎，伽神？這就是我的故事，我的人生，是我活過的證明。可是，你搶走了這些。你是個小偷，但你的罪不只是偷走我的小說。最重要的是，你偷走別人的作品，就是放棄了你的原創。你淪為別人的劣化複製品。活出人生這件事，就是活出『自己』。不再當『自己』，就和不再過人生是一樣的。不要撇開視線，伽神，看著我……！」

黑井說到這裡，指著伽神大喊：

「你已經死了！不只是身為作家的你死了！你這個人就是已經死了！你不是因為抄襲被揭穿才死！是因為你放棄了自己的人生，所以死了！就是你殺了你自己！」

「我、我……」伽神一口氣喘不過來似的說了：「我、我沒死……」

「你已經死了。」

黑井毫不留情地做出審判。

「就算你還在呼吸，你的靈魂也已經死了。」

「靈魂……」這個字眼，是以前宇野秋櫻說過的。

「連靈魂都出賣，人就會變成行屍走肉。沒有人會被死人的話打動。能打動人心的，只有活著的人說的話。死了還能打動人心的，只有這個人活著時的樣貌、這個人靈魂的記憶。你已經死了。你拿到虛偽的名聲，代價就是讓自己死了。」

「唔……」伽神膝蓋一軟。站在他身旁的年輕編輯已經什麼也做不了，只能呆呆站在原地。總編以嚴肅的表情看著事態發展。

「你發現了嗎？知道事情嚴重了嗎？那麼，伽神，你應該知道接下來該做什麼。」

「嗚嗚……」伽神跪在地上，求救似的抬頭看著黑井。那是已經認輸的表情。

「伽神，你應該也有過。有過立志要當小說家，滿懷雀躍的心情和沸騰的熱情，追尋夢想的時代。你要找回自己的人生。」

「可、可是，我、我……已經——」一個男人抱著頭連連搖頭。「我，已經……」

「你可以從頭來過。」

黑井的聲調突然轉為溫和。我不明白這是為什麼。

她是對一個自己如此憎恨，恨得甚至說過想殺了他的對象這樣。

「你還年輕。」十七歲的高中生說出這麼一句話，現在聽來卻顯得自然。「如果你也是個作家，應該就會懂吧？文章不會老。如果會老，那就是寫手的靈魂老去的時候。只要靈魂不老，人不管什麼時候都是年輕的。而追夢的人不管什麼時候都是年輕的。」

黑井說到這裡，單膝跪下，手放到伽神肩上。伽神就像擔心受怕的小孩，蹲著縮起身體，不斷發抖。

「年輕的時候，誰都可以從頭來過。而年不年輕，是由靈魂決定的。」

「啊……」

伽神抬起頭。

這是《孤獨黑暗的另一頭》的主角在作品中喊出的台詞。

「找回你『自己的故事（Original）』。」

說完黑井站起，轉過身。伽神垂頭喪氣，不再說話。

忽然間，就像聲響這才恢復似的，外頭變得很吵。大概是聽見有人劇烈爭吵，其他員工也聚集過來。

總編站起來，開門示意我們離開。

然後深深一鞠躬。

「很抱歉先前多有冒犯了，春風波卡老師。」

○

外面的天色已經完全黑了，夜晚的大樓風十分冰冷。

總編說要幫我們安排車子，但我們拒絕了。我的身體熱得滾燙，想走一走。想必黑井也一樣。

我們走了一會兒後。

「平野大地。」

氣爽。

「……嗯？」

黑井在一家店前停下腳步。

少女的左臉頰因為被伽神打而腫起。但她的臉看起來並不慘痛，反而讓人覺得神清

「你真的，幫了我很大的忙。」黑井一字一句說出對我的感謝。

「哪裡……」聽她對我道謝，我反而很難為情。一切都是因為黑井的原稿太棒，而總編也肯定這一點，才能開闢出這樣的未來。我所做的事就只有露骨的下跪磕頭。

汽車車頭燈從我們身邊掠過，照亮了少女的臉孔。風一吹，她的瀏海飛起，露出大得讓人嚇一跳的眼睛。

「我，那個……很不會說話，所以……」少女難為情地小聲說話。「我沒辦法，把這種心情說出來。」

「那寫成小說不就好了？」

聽到我不經意地這麼說，少女瞪大了眼睛。

「……也對。」黑井似乎覺得有道理，點了點頭。

「既然這樣，我就借用一下作品裡女主角的台詞吧。」

她的這句話說得就像舞台上的女演員一樣堅毅。

「謝謝你。」

少女眼睛水潤，用力抓緊胸口的衣襟宣告：

「你是我的英雄。」

第五章　天才少女

1

「——所以，『蓋尼米德』的事呢？」

銀河莊二〇一號室。在這氣溫低得令人想吐槽是不是零下的室內，身上裹著層層棉被與毛毯的星乃一邊用電腦一邊說。

「這件事，還沒好。」

「ＨＡＬ呢？」

「下次，我會和黑井一起去打聽……照計畫是這樣。」

「那是幾時？」

「呃～那個……近日。」

「所以平野同學去這一趟是為了什麼？」

「不用這樣說話吧？」

「你這就叫作Honeorizon。」（註：日文「骨折り損」，做白工之意）星乃抱怨時講出的這幾個字，發音像是外國的企業名稱。她說得沒錯，但實在是希望她對我的表現多一點肯定。

「所以，伽神呢？他現在在做什麼？」

「聽說被出版社全面封殺，現在算是閉門思過。」

伽神春貴的抄襲事件將在近日內，由角永出版社對社會大眾公開。預計在針對抄襲道歉與收回書本後，由真正的作者從第一集開始重新發行《孤獨黑暗的另一頭》系列，當然作者名義是「春風波卡」——黑井冥子。

本來接下來應該由我來質問伽神春貴，問清楚那個雲端服務的「ＨＡＬ」，以及他與蓋尼米德的關係。然而關鍵所在的伽神卻變得失魂落魄，現在看來是無計可施。黑井提出了一個有點聳動的提議：「等狀況穩定下來，我會去『審問』伽神，希望你再等一陣子。」不管怎麼說，現在的狀態就是要先等她聯絡。

「我看她是想賴帳吧？又或者是，從一開始就打算利用你。」

「她不是這樣的人啦。」

「誰知道呢？而且她本來就是個來歷不明的地球人。」

星乃似乎不信任黑井。說起來，這個少女本來就幾乎不信任任何地球人。

另外還有一個問題。

——平野同學是騙子。

先不說黑井的信用問題，我自己也同樣有著尚未解決的「信用問題」。『我絕對不可能把從爸爸媽媽手上繼承下來的「發明」，交給不知道從哪裡來的死人骨頭。』『我不可能去當太空人。』我與星乃的認知，與第一輪時的差距，將來會發揮什麼樣的作用？尤其是星乃如果不立志當太空人，就表示她不會上ＩＳＳ，也就不會遇到大流星雨。這件事本身應該值得慶幸，但星乃想繼承雙親研究的夢想又會變成怎樣呢？而且，就算星乃不當太空人，也沒有人可以保證星乃就能免於一死。如果大流星雨就是要取星乃的性命，那麼不管是在太空還是地上，都一樣危險。

除非逮捕犯人。

「——平野同學你啊——」

這時星乃想起了什麼似的，看著天花板，小聲問起。

「你Space Write了，對吧？」

「……？嗯，對啊。」

這問題不免問得晚了點。

「你就是這樣，想讓人生重來吧？」

「這……算是吧。」

我之所以Space Write，原本是為了救星乃，讓我的人生重來只像是一種副產品。但到頭來，這就是我的第二輪人生，除了「重來」以外什麼都不是。借用以前葉月對我說過的話，就是『那就像是因為自己入學考不合格，就讓整個考試重來』——每次想起這句話，我都覺得心痛。

「不管是平野同學、黑井冥子，還是伽神春貴，不，Space Write過的所有人都在讓人生重來……就是這麼回事，對吧……」

「妳想說什麼？」

我反問了，但她不回答。星乃就和剛才一樣，看著天花板思索，像在細細回想什麼。看來她雖然是問我問題，卻不知不覺間陷入了自己的世界。

我叫了她也不回答，所以對話就這麼中斷了。要是胡亂吐槽，她就會暴怒，所以我決定還是先放著不管，自己休息一下。最近我和黑井到處走來走去，也累積了疲勞，全身上下都在痛。

我撥開地板上滿滿的破銅爛鐵躺下來，背上就傳來紙張壓擠的聲音。

「嗯……？」

我心想一定又是星乃亂丟的垃圾，將背後的異物抽出來一看，結果……

「10101000110100101010110001010101011

00100111011001001101010001101001010101

10001010101011001001011111001001101010

00110100」。

「這是……」

密密麻麻的數字填滿了紙張。這個我很眼熟，記得是之前在網路新聞上看過的「神祕太空訊號」。說是ISS接收到的從遙遠太空另一頭送來的二位元資料。

撿起類似的紙張一看，發現似乎本來是整卷的紙，即使一抽再抽，還是繼續從破銅爛鐵堆裡延伸出來，簡直就像一卷密密麻麻寫滿了「0」與「1」的灰色衛生紙。「本來有這麼多嗎？」「不是都發表了嗎？」「發表？」「你還不知道？去搜尋一下『太空加密文懸賞』就會跑出來。」

突然跑出一個陌生的字眼。加密文懸賞……？

我乖乖照做，用手機搜尋「太空加密文懸賞」。畫面跳出來後，一看到內容的瞬間，我不由得「唔」地悶哼一聲。

■Cyber Satellite股份有限公司Presents【太空加密文懸賞】

一份只有「0」與「1」的神祕訊號，從太空發送到ISS。這究竟是外星人的信息，還是來自遙遠太空的星之聲呢？Cyber Satellite公司希望仰賴全人類的智慧，來解讀這份加密文，所以本次決定舉辦「太空加密文懸賞」。獎金總額取自加密文開頭的數字，定為「101,010,001圓」。「大獎」1億圓的獎金，將頒發給最逼近真相的回答者；對於除此之外的優秀回答者，則將贈送Satellite公司「SoT」，終身保固／全球支援的「Wi-Fi」……

用智慧型手機開啟連結，就看到一個沒完沒了都是「0」與「1」的檔案。不管怎麼捲動都捲不到盡頭，讓我陷入了一種錯覺，覺得像是在翻亂碼的百科辭典，怎麼翻都翻不完。總覺得光這樣就已經讓我不想去解了。

「真理亞伯母會不會知道些什麼？」

「已經打過電話了。」看來這個急性子的少女早就領先我能想到的事。「說這次的事情，是那個呆子自己亂發表的。」

聽她說，照真理亞的說法，JAXA這次「解讀加密文」也不順利，然後六星又把狀況弄得更亂，就是這件事現在的構圖。

「嗯～～嗯～～～……」

這時，房間深處傳來小動物低吼似的聲音。轉頭一看，星乃正瞪著螢幕。

「該不會，妳也在解吧，解這太空加密文？」

「不行嗎？」少女只把頭往我這邊轉過來。夾在鼻子下面的鋼珠筆不高興似的動了動。

「是不會不行。不過這個，是六星的懸賞吧？」

「我才不在乎他。我是想查清楚這加密文和ＩＳＳ的關連。那是爸爸設計的ＩＳＳ，和媽媽做實驗的平台。為什麼『這東西』會送到那兒？」

「嗯～～……不就是碰巧嗎？」

我也很想幫上忙，但坦白說，在這種數學或太空的領域，我不可能敵得過星乃。考慮到現在全世界的研究人員都在研究解密，多半還是從別的領域做出貢獻比較好。

我想到這個少女大概從早上就沒吃東西，於是拿起圍裙，打算做個早了點的晚餐。

「唔～～！」

房間深處傳來少女低吼聲的同時，還扔出了揉成團的紙屑。

「別再把房間弄更亂了。」

我撿起這只寫了0與1的紙屑，丟進已經很滿的垃圾桶。

2

翌日。

我和黑井待在一處公寓大樓內。

「真的不要緊嗎？像這種搜索住宅般的事情，不是應該由警察來……」

「沒問題，而且也取得了當事人的同意。」黑井將鑰匙插進門，毫不猶豫地一轉。門一打開，她就當自己家似的踏進去。

——真的不當一回事耶……

我們現在來到的地方，是伽神春貴的住處。在這種一看就很高級的東京都內高層公寓大樓中，接近最上層的一戶。在先前經過的大樓一樓入口處插進鑰匙卡，輸入密碼，這才總算能夠進入建築物。大概是覺得一男一女高中生這樣的組合可疑吧，大樓常駐的警衛好像一直盯著我們看，這應該不是我的錯覺。

今天的目的是搜索伽神春貴的住宅，找出和「ＨＡＬ」或「蓋尼米德」有關的線索。似乎是伽神本人遲遲不肯供出一切，黑井不耐煩，便半強迫地跟他借來了住宅大樓的鑰匙。

「好，就從這個房間開始吧。」黑井把住宅格局看過一遍後，將目標先鎖定在看似書房的一個房間。她在房間中央把印有搬家公司商標的紙箱組裝起來，用膠帶封住底部。塑膠袋、加厚文件袋、簽字筆和標籤等東西也都備妥了，看來她已經滿心想「扣押」證物。

「我看還是找伽神在場比較好吧？」「他在也只會礙事。」「會不會之後告我們偷竊……」「偷竊？哼，別笑死人了。先偷的人是他吧？」黑井嗤之以鼻，把書桌裡的各種文件都往紙箱裡扔。總覺得她這種強勢的地方也很像星乃。我有點想起之前去見Europa的弟弟時，星乃劈頭就想進他家。

——所以平野同學去這一趟是為了什麼？

我想起昨天星乃說的話，也捲起了袖子。要是不找出一兩條線索回去，又會被那個沒禮貌的少女冷嘲熱諷。

「……具體來說，我們要找什麼？」

我開始檢查書櫃，黑井就一邊檢查大疊原稿一邊回答：「我想想。」

「總之只要覺得可疑的東西就統統帶走。尤其電腦、智慧型手機、電子儀器之類，全都不能放過。」

「重要的東西應該會藏在別的地方吧？像是置物櫃，或出租保險箱之類的地方。」

「有這個可能。可是，也可能正因為重要才藏在自己房間。不管怎麼說，如果找不到，再去逼問伽神就是了。」

黑井若無其事地撂下這句話。我心想被她用這種咄咄逼人的口氣面無表情地逼問，多半會很難受，但這一切都是伽神自作自受。

——不過不管怎麼說，現在也只能把這裡好好找過……

雖說伽神尚未供出一切，但如果他已經打從心底放棄抵抗，也許就會找到不少意料之外的重要證據。往對我們有利的方向想，他會交出住處的鑰匙這件事本身，也許就是已經投降的證明。

接下來好一會兒，我們翻找書櫃與各種櫃子，把文件跟隨身碟之類的東西丟進紙箱。房子裡的傢俱與物品不算多，但等到黑井連壁櫥深處、廚房底下，甚至馬桶水箱都開始檢查時，就讓我愈來愈覺得是在搜索住宅。仔細想想，進行這作業是為了查出史無前例的人造衛星恐怖攻擊「嫌犯」，反而應該像黑井這樣仔細檢查才對吧。搜到一半，我也開始認真起來，掀開地毯，拆開電視機後面的機蓋，只要覺得是可以藏東西的地方，全都找過一遍。

轉眼間就到了中午，我們擅自把伽神家裡的泡麵泡來吃，填飽肚子後，下午又繼續搜索。

大約到了下午三點。

『和～～你～～一～～起～～♪奔向寬廣的未來天空～～♪奔～～向那～～♪遙遠的天空～～makeup your dream♪（come ture♪）』

突然聽到偶像歌曲響起，才想說怎麼回事，原來是黑井的手機。這是偶像團體「BOT48」的暢銷歌曲，但主唱的聲音是宇野宙海。

黑井拿宇野的歌聲當手機鈴聲啊……

這個像是剛參加完喪禮回來的喪服少女，和陽光的偶像歌曲實在不搭調，但黑井若無其事地按下通話鍵。

「喂？……嗯，對啊，我在都內……時間？不好意思，現在在忙。怎麼了？啊啊，嗯，是嗎？沒關係嗎？」

掛斷電話後，黑井帶著狐疑的表情看著自己的手機。

「剛剛是宇野打來？」「沒錯。」「她說什麼？」「就是不太清楚這個。」

黑井瀏海下的眼睛眨了眨。

「聽起來有點沒精打彩，但我回說現在在忙，她就說『抱歉，我沒事』，然後就掛斷了。」

會是什麼事呢？我很掛心，但黑井已經回去「搜索」。然而她動著手五分鐘左右，就看向窗外，小聲嘆了一口氣。看上去就心浮氣躁。

「既然掛心，回撥給宇野不就好了？」

「可是，她已經掛掉了。」

「可是妳不就是掛心嗎？打個電話看看吧。」

宇野那邊之前在偶像選秀會上出了一番風波——如果把炸彈恐攻也包含進去，豈止是風波，是一大事件——總之發生過很多事，所以我也有點掛心。

「……也對。就打個電話吧。」

黑井聽我這麼一勸，便操作手機。她大概也很擔心宇野吧。「嗯，是我。」電話接通後，她看起來放心了些。

「不會，那個……怎麼說，我有點掛心。妳怎麼啦？……什麼，錢包弄丟了？」黑井的聲音大了一點。「會場呢？很近啊。那個——」

她朝我瞥了一眼，我立刻說：「去吧，這邊不用擔心。」

「不要緊，我馬上過去，搭計程車只要十五分鐘……不用擔心，妳在那邊等我。」

掛斷電話後，黑井以正經的表情說：「平野大地，不好意思，有事情要拜託你。」

「我知道。別管那麼多了，趕快去吧。扣押品我會保管。」

「……真的是一直在靠你幫忙啊。我一定會找機會答謝你。」

「不用了啦。好啦，快去。」

「那麼，這個你拿去。」

黑井把公寓的鑰匙交給我後就穿上鞋子，快步離開了。想趕快去找宇野——她在走廊上跑的腳步聲感覺得出這樣的心情。

「好啦～～……」我在物品散亂的房子裡捲起袖子。

結果這天黑井拖到很晚，我還是獨自默默搜索到天黑。

途中還在床底下找到了片名猥褻的ＤＶＤ，不過這就看在男人間的道義上，放回了原處。

3

「所以我家就變成置物間了？」

星乃面對堆得像一座小山的紙箱，不滿地鼓起臉頰。

「有什麼辦法？因為我一個人搬不了啊。」

「那送去平野同學你家不就好了？」

「我是要怎麼跟爸媽解釋啦？」

日前從伽神那兒扣押來的紙箱，在銀河莊二〇一號室的走廊上排了將近十箱。這條走廊本來就已經被破銅爛鐵堆得很狹窄，現在更被壓迫得連人都走不過去。

「我家不是置物間。」「還不是差不多……好痛。」

飛碟形的布偶打在頭上，讓我痛得皺起眉頭。

平野同學真的是，也不想想自己是賴在這裡不走，搞清楚自己的身分好不好……星乃如此嘀咕之餘，立刻開始打開紙箱，物色「扣押品」。

「不要亂動啦。」

「不查就抓不到蓋尼米德的線索吧？」

「話是這麼說沒錯啦……等黑井來再找也行吧。」

「這什麼，是原稿？哼。」星乃對我的話完全不介意，拿起紙箱裡的扣押品看過，就隨手往地上扔。

「啊～啊～笨蛋，這樣會弄皺啦。真是的……」

「都是些沒用的東西啊。」少女一個字也聽不進別人的意見，繼續清查扣押品。她拿出來就扔，看過就扔。查到一半，我就變成專門負責撿起少女隨手扔開的東西。

——雖然星乃願意檢查的確是幫了我大忙啦。

坦白說，清查扣押品的工作超出我的能力範圍，所以星乃這麼有意願清查確實幫了大忙。「這個晚點再查清楚。」「這個用不到。」我撿起星乃生產線式分類好的東西，把紙箱一箱一箱整理好。相對地，貼有「已清查」和「晚點再查」的分類用塑膠袋則愈來愈滿，所以體積並沒有變小就是了。

就在我們找到第四箱的時候。

——這什麼東西？

紙箱裡冒出一個白色盒子狀的物體，大小和攜帶型點菸器差不多，起初我還以為是USB隨身碟，但沒有接頭可以插。

「妳覺得這是什麼？」

「啊啊，那個？不太清楚，晚點再查。」

「那就放進『晚點再查』吧。」

我把精密儀器另外放進裝小物品的袋子，又回去進行分類作業。目前沒有什麼值得一提的發現，漸漸轉為指望能在檢查電腦與隨身碟內容時有所斬獲。

持續進行了兩小時左右，紙箱的數量剩下一半。

「平野同學，吃飯怎麼辦？」「今天……就叫個披薩吧？」「我要吃有蝦子的披薩，蔬菜全部不要。」「海鮮披薩是吧。蔬菜也要吃啦。」

我打電話到站前的外送披薩店之後，嗯的一聲伸了懶腰。

披薩送到之前就當作休息時間，星乃在房裡躺到枕頭上，我也躺下來滑手機。

眼前就先打給黑井吧……正當我想到這裡——

【高中女生解讀出話題正熱的太空加密文】

新聞的頭條標題有著這麼一行令我好奇的文字。

這個……

太空加密文以及高中女生，這兩個部分吸引了我的注意，於是我點開連結。

【天才高中女生？話題正熱的太空加密文，終於有人成功解讀】

Cyber Satellite股份有限公司發表，該公司所舉辦的「太空加密文懸賞」，在×日下午出現了解讀者。

解讀成功的是×縣的月見野高中一年級生，犂紫苑同學。她針對太空加密文，將數字順序重組，結果解讀成功。她表示這體現出一種和現代不同的「來自遙遠時代的訊息」。Cyber Satellite公司表示，將於近日發表解讀結果的詳細內容，頒獎典禮預計在下個月舉辦……

「犂……紫苑……」

我想起這個之前在設計類的展覽上認識的少女，說出她的名字。

天才高中女生。我看著這個標題，視線望向自己很熟悉的天才少女。

「平野同學，披薩還沒來嗎～～？」

少女還沒看過這則新聞，以邋遢的姿勢攤開四肢。

4

翌日，全校都在傳她的消息。

「為什麼來了這麼多媒體記者？」「說是我們學校的學生解開了加密文！」「真的假的？也就是會得到一億圓？」「好好喔～～光這樣就不用去考大學了。」「我要去松牛吃特大碗。」「格局好小啊。」「反正想也知道會被爸媽拿去存定存。」大家你一言我一語，說得很起勁。

——事情鬧得很大啊……

往窗外一看，看似娛樂記者的女性站在攝影機前握著麥克風。「我們學校現在上電視了耶！」有人看著手機大喊。「真的假的！」「給我看看。」「是真的！啊，教英文的小林健在走廊上跌倒了！笑死！」

犂紫苑在社群網站的熱門搜尋關鍵字排行榜上也榮登第一名——附帶一提，「KARASUKI SHION」這個看她的名字漢字很難唸出來的唸法，則是第三名——現在已經完全成了「當紅人物」。今天一早媒體的轉播車就守在高中正門口，連教職員都靜不下來。

——我啊，一看到這種神祕的東西就會很雀躍，然後會想去分析清楚這裡頭的機關，或者說是設計。

我想起之前在展覽會場上聽她說過的話。紫苑那幾句話，會不會就是在暗示今天的事情呢？

相對地，昨天星乃就鬧得凶了。有人比她先解開加密文，而且年紀還比她小，似乎讓她相當懊惱。「有蹊蹺。」「不可能。」「不應該會這樣。」她一邊用力搔頭，一邊用另一手拿著披薩，凝視那篇太空加密文。結果她中斷了清查「扣押品」的作業，決定改天再查。

「好了～～大家坐好～～要上課啦～～」

教英文的小林健老師走進教室，班上同學便坐到座位上。

即使開始上課，還是陸續有人偷看手機，或是留意窗外的媒體記者，時間就在這種浮躁的氣氛下過去。不知道涼介是什麼時候拍的，只見他的手機畫面有先前在展覽上見到時的犂紫苑露出的笑容。

然後到了午休時間。

颱風眼自己靠過來了。

「平野同學～～！」

這一聲喊得像是故意要讓整間教室的人聽見。從門口走進來的，就是熱門搜尋關鍵字第一名的少女。「喂。」「她是——」「不是一年級的犂嗎？」同學們開始喧鬧，讓我突然變成矚目焦點。

她一來到我身前……

「平野同學，要不要一起吃午飯？我做了日式炸雞和三明治來。」

紫苑像要去高原野餐似的抱著午餐盒，對我微微一笑。教室內一片譁然。「平野，這是怎麼回事啊？」「你手腳也太快了～～」「真不愧是平野，好的都不會放過。」當場流言四起。

「不，我中午會去福利社買麵包。」「也有很甜～～的煎蛋卷喔。」

紫苑不把我說的話當一回事，用力一把抓住我的手。「不對不對，等等，我沒說要——」這時她突然把臉湊到我耳邊，輕聲細語地說：

「加密文的事，我有話要跟你說。」

——！

我一站起來，紫苑就笑咪咪的。

「大地同學，我也要去！讓我也參一腳！」「涼介，不好意思。」「怎樣啦，都是大地同學賺到，太賊了啦～～」「晚點我請你吃蔬菜湯麵。」

我隨口應付涼介，走出教室。總之我想避免繼續吸引更多好奇的目光。「蔬菜要加很多啊～～！」我聽見涼介的喊聲。

「妳要去哪裡？」

「總得到沒有人看到的地方……對吧？」

紫苑愉悅地微笑，在走廊上前進。身旁經過的學生全都對「當紅」的紫苑矚目，順便白眼看我。不知道之後校內會傳出怎樣的流言，至少希望可以避開媒體記者的目光。

從二樓走廊最裡頭折回幾步的位置，有第二學生諮詢室。她一打開門，就大剌剌走進去。「喂，這裡可以進來嗎？」「這裡只有放學後會被校刊社當成社辦，平常沒有任何人在用。」紫苑說得若無其事。我想起之前曾經和校刊社的近藤在這裡談過，並且擔心跟女學生兩人在密室獨處八成會引起另一類的流言。

「所以，妳說關於加密文有事要跟我說，是什麼事？而且妳跟我，在學校還是第一次見面吧？」

「我們在學校說話是第一次，但我們在走廊擦身而過很多次了喔。午休時間也很短，要不要先吃了這個再談？」

她提起籃子，笑咪咪地說。

我輕舒一口氣，坐在快破掉的破爛沙發上。看樣子我是被她的步調牽著走了。

少女用電熱壺煮了開水，優雅地泡好紅茶端來……

「請用。」

她打開籃子，將飯菜分給我。「不用啦。」「別這麼說。」她已經一口咬上三明治，「唔～」的一聲瞇起眼睛。

「休息時間要結束嘍。」

她說得毫不客氣，我側眼看著這樣的她，心想總不會下毒，於是也抓起一塊三明治，品嚐萵苣爽脆的口感。

「……妳完全變成名人了啊。」

「傷腦筋就是了。」

她看起來一點也不傷腦筋，將炸雞塊丟進嘴裡。

「加密文，妳是怎麼解開的？」「你遲早會知道的。」「為什麼妳敢說那是來自遙遠時代的訊息？」「這你也遲早會知道。」「妳已經去過Satellite公司了嗎？」

她回答到這裡，呵呵笑了幾聲。

「平野同學真的很有意思。」

「啥？」

她優雅地遮住嘴。「因為啊——」然後啜了一口紅茶。

「班上的同學們問的都是『妳可以領到一億圓喔？』『要用在哪裡？』這些，都是問獎金，但平野同學問的都是加密文的事。」

「……這也沒什麼不對吧？」

我抓起炸雞塊，隱約覺得話題被扯開了，大口嚼著。炸雞塊很入味，就是好吃。

我看看手錶，剩下的時間已經不多。

「結果找我到底有什麼事？」

「呵呵呵，平野同學真是急性子呢。其實啊——」

她說到這裡先頓了頓，說聲「等我一下」之後站起。「喂。」「噓！」她做出食指抵在嘴脣上的動作後，就像忍者似的躡手躡腳從牆邊挪到門口。她的表情很正經，但動作有點孩子氣，有種小學生在玩的「扮偵探」的感覺。當事人有著成熟女性的氣息，這樣的動作和她的印象很不搭調，讓我也不由得心想這女生也許真有點意思。

接著她就像表演魔術似的，「嘿！」的一聲一口氣打開了門。

結果……

「「「哇哇哇！」」」

三名男女滾雪球般一股腦兒從門外跌了進來。是金髮少女、咖啡色頭髮的少年，以及戴眼鏡的少女。

「看吧，都是妳一直推才會被拆穿啦，駱駝蹄！」「怎樣啦，明明就是你害我們穿幫的吧！」「啊哇哇，眼鏡，眼鏡……」

「呵呵，平野同學的朋友真有意思。」

紫苑這麼說完，說了聲：「好可惜，有人來礙事了。這件事我們之後再說。」然後就抓起籃子，收拾東西準備回去。

「喂，話才說到一半啊。」

「呵呵呵，那就只先跟你說一件事。」

她將臉湊到我耳邊，悄悄說出這樣的話。

「告訴星乃。」她硬是很親暱地說了。「『跟她說重頭戲才要開始』。」

咦？

當我反問這是什麼意思時，紫苑已經離開了。她輕巧地一個轉身，從三人身上優雅地跳了過去。

5

這天回家路上。

真受不了……我回顧今天一整天，輕輕揉了揉肩膀。

紫苑離開後，我被他們問個不停。涼介逼問我：「大地同學，你跟紫苑在做什麼！」伊萬里則咄咄逼人地問：「平野，那女的是怎樣？」連宇野都有點客氣地問道：「平、平野同學，跟她是什麼樣的關係呢？」我老實回答：「我跟她什麼也沒有。」但他們一直不肯相信，總覺得我被當成了壞人，搞得回到教室後也繼續被其他學生起鬨。

「今天真夠倒楣了……」

就在這個時候，手機響起，我看看畫面，按下通話鍵。

「怎麼了？」

『伽神招供了。』

——！

打電話來的是黑井。

「他說了什麼？」

『他承認自己是ＨＡＬ。』

「真的嗎！」我不禁提高音量。總算得到算得上成果的消息，讓我興奮起來。

『只是……他也說，自己不是蓋尼米德。』

「……是嗎？」

——那種角色只是第一個城鎮裡最底層的敵人。

從伊緒指出這點的時候開始，我就隱約預測到——伽神春貴不是「蓋尼米德」。發動史無前例的太空恐攻的兇手，不可能是那麼低等級的對手，如果是六星衛一還有話說。雖然不能貿然聽信伽神的說法，但我覺得這部分並非謊言。

「伽神知道蓋尼米德的真面目嗎？」

我最想知道的是這點。即使伽神不是蓋尼米德本人，但和這個人接觸過的可能性應該很高。在ＧＨＱ裡，Europa的副官名就是蓋尼米德，而和這Europa在雲端服務接觸的，就是ＨＡＬ——伽神春貴。

『關於這一點……』黑井聲調轉低。『一提起蓋尼米德這個名字，伽神的態度就會轉硬。這可能得拖上一陣子。』

「知道了。可是，還是有了進展。」

『嗯。』

伽神承認自己是「HAL」，至少就確定了他與Europa有聯繫。雖然不知道他們在那個雲端服務上如何圖謀不軌，但眼前已經由當事人親口證實先前「蓋尼米德—Europa—HAL」的事件構圖，這有著重大的意義。「HAL」伽神春貴、「Europa」井田正樹，也許可以順著這條線找到策劃大流星雨的真凶「蓋尼米德」。

『還有，紙箱今天送到了。讓你費了很多工夫啊。』

「送到啦？只是，那裡面很多東西都被拿走了，因為星乃查過。」

從伽神的公寓扣押來的物品，扣掉其中一部分，剩下的都用快遞送去給了黑井。這一部分，就是星乃挑出來的個人電腦與隨身碟之類，嚴格說起來，留在我們這邊的都是查起來比較費工夫的東西。

『這不要緊，反而幫了我大忙。只是……』黑井說到這裡，壓低了聲音。『有件事我很擔心。』

「擔心？」

『如果伽神和我一樣，曾經用過Space Writer，他很可能持有用來回到原來世界的「電池」。我清查過剩下的扣押品，但沒有找到……』

「電池？」

『叫作迅子電池。有印象嗎？』

迅子電池。這名字我聽過。記得我Space Write來到這個世界時也用了這種名稱的電池。我和星乃進行超越時空的「通訊」時，迅子通訊機（Tachyon Ceiver）也是用這種電池作為電源。

「搞不好會混在我這邊留下的扣押品中。」

『可能性很高啊。雖然不能一概而論，但如果找到手掌大小的細長物體，就留意一下。外觀和攜帶型點菸器很接近。』

——咦？

我忽然想起日前看到的一樣扣押品。一個像點菸器的東西。

「妳說的東西，是不是像個白色的點菸器？」

『你看過？』黑井的聲音變大了。『在哪裡看到的？』

「這……」我說明情形。『這樣啊，也許就是你說的這個東西。』黑井這麼說完後，說出一句令我在意的話。

『平野大地，我有事拜託你。只有「這個點菸器狀的東西」，希望你另行保管。』

「保管……？妳是說從星乃手中收走？」

『說得單純點就是這樣。我想這個時代的天野河星乃要發現「這個東西」是什麼，會需要一點時間，但這是為防萬一。這風險不能忽視。』

「什麼風險？」

『這──』這時黑井說明了她擔憂的「風險」。我起初還點點頭，但隨即感覺到背脊一口氣發涼。

「該不會……不，這──」

『你最好動作快點。』黑井以嚴肅的嗓音說下去。

──趁一切變得太遲之前。

○

我快步走在通往銀河莊的路上。

從剛剛我就打了好幾次電話，但星乃沒接。一種莫名的預感就像宿醉似的直湧上胸口，讓我背上流著不舒服的冷汗。

──我想這個時代的天野河星乃要發現「這個東西」是什麼，會需要一點時間，但這是為防萬一。

聽黑井的口氣，事態並不是那麼緊迫。而且我看到的物體未必就是迅子電池，即使真的是，星乃發現這點的可能性也很低。就算真的發現，要取出容器內的迅子需要專用的接頭，所以不能立刻拿去進行Space Write。

不可能。對，以可能性來說，基本上不可能。

即使腦袋這麼理解，內心深處的不安卻不斷高漲。不知不覺間，我已經拚命蹬著道路飛奔，等看到銀河莊就一路跑過前庭，一口氣跑上滿是鐵鏽的樓梯。

接著——

「啊……」不好的預感——

命中了。

銀河莊二〇一號室，玄關前方倒著一個人。

「星乃……！」

我跑過去，抱起少女。她全身虛脫，黑色長髮遮住了臉。

貧血？腦震盪？一定是吧？是這樣吧？我拚命否定，但內心已經知道。

就像要證明我的認知——

「嗚、啊……」我低聲呻吟。有種東西從少女的右眼流下。

流下來的是——

血淚。

第六章　在被拋下的世界

1

鴉雀無聲的病房內。

聽得見的只有少女靜靜的呼吸聲，以及窗外的鳥叫聲。臉色蒼白的少女躺在病床不斷沉睡，不知道她現在在作什麼夢。

星乃昏倒，過了三天。

星乃昏倒在銀河莊二〇一號室門前。我立刻叫了救護車，送星乃去醫院。從她出血的右眼開始，全身都做了精密檢查，但全身上下都沒有異狀。醫師敷衍地說也許是昏倒時撞到頭部造成的輕微腦震盪，但我完全不相信。實際上，星乃直到現在都並未醒來。

真理亞從職場趕來，之後三天三夜都在這裡看護。從少女過了一整天都尚未醒來的時候，她的臉色就顯然變差，用手掌遮住臉的情形明顯變多。三天後，我看不下去，擔心她身體會撐不住，於是改由我看護。

「不好意思，大地，有什麼狀況麻煩馬上告訴我。」真理亞拖著幾乎沒睡的身體上班去了。

「……情形怎麼樣？」

背後傳來說話聲。這幾天，每天都來探望的黑井在我身旁坐下。我默默搖搖頭……

「是嗎？」

她就簡短地這麼回答。

接下來好一會兒，我們兩個人什麼話也沒說，時間就這麼過去。黑井坐在我身旁，似乎有話想說，但一直在等我面向她。

過了很長一段時間後。

「——這個。」

黑井把一個白色的盒子靜靜放在邊桌上。

「我試著分析過，無疑就是迅子電池。」

那是我們從伽神春貴的公寓大樓扣押回來的東西，和我之前看過的一樣。黑井說叫作迅子電池。這個電池是從銀河莊的對講機「木星(Jupiter)」內部找到，說是電池裡的東西已經用光了。

「星乃她……」

我沒和她對看，這麼問起。

「Space Write了……是嗎？」

隔了一會兒空檔，黑井回答：「對。」

「Space Writer有發訊紀錄。雖然不清楚年月日，但天野河星乃飛到了『過去』是無庸置疑的。」

「為什麼……」

「不知道。」黑井靜靜地回答。「真相已經只有她自己知道……還有——」

黑井拿起白色電池，緊緊握著。

「從電池剩餘量是零這點推測，她多半是盡可能去到了最遠的過去。」

「…………」

我什麼話都沒回答，黑井就留下一句：「我還會再來。」走了出去。

病房裡只剩下我和星乃兩人，我垂頭喪氣，抱住了頭。

二〇一七年十二月二十五日十六點三十七分。

那一天，天野河星乃進行了「Space Write」。我不知道她去了哪裡，也不知道她的動機。唯一可以確定的就是我連同這個世界徹底被她拋棄的殘酷事實。

過了新年。

星乃並未醒來。

2

主人不在的房間氣氛和平常不一樣，搭配地上的破銅爛鐵，活像是廢墟。

銀河莊二〇一號室。

我坐在桌前，茫然看著天花板。掛在天花板上的飛碟吊燈現在只靜靜地存在。貼在牆上的ＩＳＳ海報突然褪了色，讓我產生一種像是自己被困在舊相簿裡的錯覺。

西元二〇一七年就在星乃意識不明的情形下過去了。過了年，我仍然不認命地物色室內的東西，但找到的盡是破銅爛鐵、紙箱和電腦零件，一條線索也找不到。我累得癱坐下來，然後又想起什麼似的開始找，然後又虛脫地癱坐。

星乃……我一再喃喃呼喚這個名字。換作平常，要嘛不理我，要嘛瞪我，再不然就是吼聲「吵死了」朝我扔東西，現在卻沒有一個人聽我呼喚。

星乃消失了，什麼話也沒說。

自從在「第二輪」認識她以來，我一直覺得距離多少縮短了些。儘管這個冷漠的少女並未顯露出什麼特別的反應，但我一直認為像這樣每天准許我進她房間，就證明了這是一種無言的信賴。地球人之中，就只有我可以進到這個地方。我覺得這件事顯示出我和星乃的情分，總難免對此感到安穩。

然而，這種關係突然被斬斷了。少女消失無蹤，對我沒有任何道別或交代，把我丟下不管。

——不管是平野同學、黑井冥子，還是伽神春貴，不，Space Write過的所有人都在讓人生重來……就是這麼回事，對吧……

現在回想起來，徵兆是有過的。星乃煞有深意地，不，坦白說就是很羨慕地說起我和黑井。大家都在讓人生重來，只有我沒辦法。她說那番話不就是這個意思嗎？

我太大意了。我應該要懷疑那個白色的小盒子就是迅子電池。不，就算這樣，誰會想像到她連一句道別的話也不說，有天就突然從這個世界Space Write了？

星乃……沒有這樣的啦……

我無力地在心中不斷怨懟。我還沒能完全接受現實，心中總懷著一種期待，期待明天她會不會就若無其事地回來，明明沒有任何根據。

腳下碰到東西，仔細一看，是個控制器。就在前不久，我們兩個人才一起玩網路遊戲打贏，一起握拳大喊：「「贏啦啊啊啊！」」這樣的記憶在腦海中甦醒。當時我覺得我和她心意相通，會只是錯覺嗎？那個「騙子」發言，就是這麼致命的鴻溝嗎？我不懂。不管怎麼想都無法服氣。

我撿起控制器，放到電腦桌上。那副流線型的耳機也隨手放在桌上，現在線就像死者的手臂一樣無力垂下。我知道這就是「迅子通訊機」，但如果沒有電池，就只是一副形狀奇怪的耳機。我想過會不會就像之前那樣收到星乃發給我的通訊，但這未免想得太美。現在和第一輪不同，星乃是以自己的意思丟下我。怎麼想都不覺得這個連一張便條都沒寫就丟下我離開的少女，事到如今還有必要跟我聯絡。

唔……我抓起通訊機，往旁一甩。它碰到紙箱，彈了一次，又混進大堆破銅爛鐵裡。從丹田慢慢擴散到全身的絕望讓我好害怕，只能不顧一切地翻找室內。我心想要是冷靜下來，一定會被壓垮。

接著……

「咦……？」就在我學不乖地在室內徘徊了好一會兒後，我發現書桌的抽屜裡有個東西露了半截出來。之前找的時候都沒發現。

拉開抽屜一看，發現是被抽屜夾彎的紙張。那是貼在一個隨身碟上的標籤，上面寫著這樣幾個字。

——！

我倒抽一口氣。那是令我覺得有些懷念的字。

「給平野同學」。

【recollection】

我最喜歡爸爸和媽媽了。

高大、有力氣，但又有點笨手笨腳的爸爸，還有開朗、人很好，又有點怪怪的媽媽，是我在全世界，不對，是全宇宙最喜歡的人。

小時候，我一直被攝影機圍繞。爸爸和媽媽是有名的太空人，我也被吹捧成「人類史上第一個在太空誕生的生命」。我完全不知道自己有哪裡那麼厲害，一直追著我跑的記者和攝影師也很麻煩，但我還是不在意。只要有爸爸和媽媽在一起，其他我什麼都不要。被爸爸有力的臂膀抱住，看媽媽露出溫和的笑容撫摸我的頭髮時，是我最幸福的時刻。我本來以為，這樣的幸福會一直持續下去。

直到那一天。

那一天，我從一大早，不對，我那陣子一直很雀躍。

爸爸和媽媽就快回來了。是我掐指數著，期盼已久的日子。可是實際上，「計畫」似乎突然有了變更，爸爸和媽媽將比原訂日期早很多天回來。雖然沒有任何人告訴我詳細情形，但爸爸和媽媽要回來就讓我好開心。

在家等的時候很無聊。最近保母不管電視還是手機都不肯讓我看，我只能在家讀書度日。雖然也可以看電影，不過到頭來還是爸爸媽媽進行的工作比較有意思。媽媽的論文充滿了知性的好奇心，爸爸的發明也嶄新而有刺激性。

《Chromospace Cell Project的可能性與理論展望　～以太空輻射對活體細胞所造成之影響的量子力學面向之一為中心》。

我一邊重看媽媽的論文，一邊在心中描繪這個研究將如何帶給世界和人類夢想般的未來。全世界生病的人都能得救，人們可以比現在長壽得多，每大都可以笑著幸福過日子。媽媽出發前是這麼跟我說的。爸爸用強而有力的雙臂把我整個人抱起來，露出潔白的牙齒笑著說：「那麼星乃，妳要乖乖的喔。」當時我作夢也沒想到，那就是爸爸最後一次抱我。

玄關門鈴響起，我丟下論文，拔腿飛奔而去。

爸爸，媽媽！我滿腦子都是他們兩個，跑著樓梯下樓。換作是平常，我會去機場接他們，但今天我是在自己家等，更讓我等得不耐煩。一打開玄關，我就要撲到爸爸懷裡，然後抱到媽媽的脖子上。

我沒換拖鞋，衝到玄關打開門。有聽見保母說了些什麼，但現在沒規矩也沒關係。

——奇怪了？

打開玄關一看，爸爸和媽媽都不在。

站在門前的是一個我很熟悉的女性。她是爸爸和媽媽的好朋友，也是JAXA的管制官。惑井真理亞。這個人我也喜歡，她總是很有精神，對我很好。雖然有點怪，但這也和媽媽有點像。

「星乃。」

平常總是活力充沛的真理亞，今天卻一臉憂鬱。這時我才發現她漂亮的黑髮變白了，變得像是銀髮，彷彿一下子老了很多。

「真理亞？」

我歪了歪頭。

「爸爸呢？媽媽呢？」

「……星乃，妳聽我說。妳要聽仔細了。」

真理亞原地蹲下，把自己的臉降到跟我的眼睛一樣的高度。她的表情非常悲哀，非常難受，讓我突然變得很不安。

「怎麼了？爸爸，出了什麼事嗎？媽媽呢，她在哪？」

真理亞輕輕抱住我，然後靜靜地放開……

「我們到裡面說吧。」

她用手指擦了擦眼角。

接著真理亞來到客廳，在我身旁坐下。她握著我的手，將我這輩子最壞的消息告訴了我。

在太空發生了意外。這場意外，讓媽媽身受重傷。爸爸為了救媽媽而努力，但媽媽還是昏迷不醒。

真理亞一字一句，小心翼翼把這些事情一五一十地告訴我。記得我沒辦法整理清楚她說了些什麼，茫然看著她悲痛的表情。

「所以，爸爸呢？」

我最後這麼問了，真理亞就咬緊嘴唇，靜靜地宣告：

「對不起……」

眼淚從我臉頰滑落。

我再也，見不到爸爸了。

【2018】

我在空無一人、滿是破銅爛鐵的室內看著這張紙。

筆記紙上，以星乃圓滾滾的字體寫下這樣的話。

『我要進行Space Write，去找爸爸和媽媽。對不起，這麼突然。』

接著寫的是道別的話。

『很多事情都要謝謝你。再見。』

播放隨身碟的內容，就看到一篇很長的文章列滿了畫面。那是星乃留給我的信——所謂的臨別留言。

留言寫著星乃的回憶，是她過去從未提過的她的身世。我不知道星乃為什麼寫下這樣的內容，但仍然讀得忘我。這與其說是寫給我的信，更像是星乃為了整理自己的心情，從以前就累積下來的文章。看著這篇分不出是自傳、手札還是隨筆，風格十分含糊的文章，就讓我覺得像是在窺看星乃內心。

那是星乃說她最喜歡雙親——以及到她失去雙親為止的紀錄。

【爸爸過世這件事，起初我無法理解。所以我一次又一次地問真理亞，每次她的臉都越來越扭曲。現在回想起來，我覺得自己做了非常殘忍的事，沒有考慮到真理亞想必也痛苦得撕心裂肺。】

我讀著文章，一邊覺得好像在聽著意外發生當時的星乃——一個十歲少女的說話口氣。星乃的文章井井有條，看似客觀地記下自己的心情，但這給我一種印象，覺得是以十七歲的自己擁有的理智去壓抑十歲時年幼的自己所懷抱的感情，這樣寫下來的一篇文章。正由於筆觸鎮定，更讓我感受到當時少女的心象風景，覺得心痛。途中開始提到真理亞，那是連我都不曾從她口中聽到的插曲。

文章還在繼續。

【recollection】

坦白說，爸爸的葬禮，我記不太清楚。

細節全都由真理亞處理，我只是呆呆坐在椅子上，呆呆看著列席的人。太大的打擊讓我腦子不靈光，但我還記得媒體記者拿著攝影機一直拍，閃光燈閃個不停。

葬禮結束後，暫時回到了平靜的日子。我開始在媽媽住院的病房內度過一整天。媽媽一直在睡。她安上了呼吸器，靜靜地呼吸。看到她臉龐瘦削，臉頰凹陷，手腳一天比一天瘦，我腦海中想起冰雕慢慢融化的情景。媽媽始終昏迷不醒，睡個不停。

接著，那個事件發生了。

Europa事件。

後來被這麼稱呼的事件對我來說，是一起來得唐突，出乎意料，並且讓我體認到地球人是什麼生物的最壞的事件。

某天早上，我一如往常去到醫院，就看到媽媽的病房被「封鎖」了。現場拉起寫有閒雜人等禁止進入的封鎖線，我想進去就被警察攔下。即使拜託保母，也只得到「警察都那樣說了……」這種話，一點都靠不住，還是靠後來來到現場的真理亞去跟警方交涉，才總算讓我進去。

一走進病房，發現媽媽已經不在這裡，似乎是挪到別間病房了。

接著我目擊到。

【天誅】。

窗上寫著這樣兩個大字。十歲的我把家裡的書都拿來看過，所以漢字幾乎都看得懂，也明確了解這兩個字的意思。天誅——替天行道，處決罪人。

為什麼？

我最先湧起的疑問就是這個。為什麼是「天誅」？聽說犯人闖進病房，試圖加害媽媽。但為什麼是媽媽？為什麼是天誅？

就算問真理亞，她也只是一臉苦澀的表情，不告訴我。可是，醫院病患的竊竊私語進了我的耳朵。「畢竟她在網路上被抨擊啊。」

我很想知道，為什麼媽媽就該受到這樣的待遇？所以我用了爸爸留在家裡的電腦，連上很久沒上的網路。

「……這是怎樣？」

於是我知道了。知道了那可怖的內容。

【太空寶寶】天野河星乃綜合討論串PART.1610【太空奉子成婚不倫】

「……咦？」起初我還不知道是什麼情形。搜尋「天野河詩緒梨」和「天誅」後，最先跑出來的就是這樣的網頁。隱約可以看出是某種匿名布告欄，但為什麼會是「PART.1610」，還說是「太空奉子成婚不倫」？

整個討論串滿滿都是對我、媽媽和爸爸各式各樣的中傷。說爸爸和媽媽是奉子成婚才生下我這種壞話，還有說爸爸和真理亞搞不倫的週刊雜誌報導，而最過分的是……

【天野河詩緒梨在本來應該很崇高的太空人任務中，避開管制室的目光，濫用ＩＳＳ內的個人艙房，勾引男人，不但做出性行為，甚至還懷孕，是個不檢點的女人，對這樣的人，沒有一丁點必要花稅金繼續幫她做延命處置。所以我要去破壞天野河詩緒梨的生命維持裝置，在此執行正義。】

『去〇。』『〇了她。』『執行正義！』『給予天譴！』『(ﾟ∀ﾟ)o彡ﾟ天誅，天誅！』——

【2018】

我忍不住關掉文章。我按著臉，揉了揉像是被這謾罵波浪沖過的眼瞼，但記憶就像烙印在腦海似的揮之不去。

以前真理亞說過。

——那些像是惡意結晶的言語洪流就會湧出來。只要看到一次，大概就逃不了吧。就算隔天就關上電腦，記憶也不會消失。現在有人在別的地方，抨擊自己這家人。抨擊死去的父親、昏迷不醒的母親。你覺得她那純真又柔軟的心靈會變成怎樣？一個小孩死了父親，在病房裡看著昏迷不醒的母親，孤身一人面對幾千幾萬枝惡意的箭，到底會變成怎樣？

星乃當時才十歲。當星乃不設防地獨自承受來自網際網路的——「地球人」的惡意，光是想像那一瞬間會是什麼情景，都覺得可怕。舉例來說，這種行為就像一群成年人聚集起來，圍住一個小女孩，滿口汙穢的言語進行謾罵。而這是以這種行為的數百、數千倍規模所做的精神虐待。

坦白說，留言內容令人很難受，我遲疑著該不該讀下去。但我非讀不可。既然這是星乃人生的一頁，我就不能跳過不讀。

【recollection】

自從看過這匿名布告欄以來，我的人生就變了樣。

經常有人說他的人生觀變了，又或者是世界觀變了，這一刻就是如此。小孩子很快就會長大成人，知道自己不是世界的中心——這就是所謂的去中心化。我的情形則相反。我看過布告欄後，才首次知道自己待在世界的中心被人圍剿。那好可怕。每個人都對我謾罵、痛罵，責難父親搞不倫戀，大喊母親是在浪費稅金，應該殺了她。去死，去死，殺了她，殺了她。我覺得在街角或醫院裡擦身而過的人們也都對我懷抱惡意。感覺又會有人來母親的病房要殺她，養成了每次走在路上都會回頭看後面的習慣。晚上也睡不著覺，覺得一睡著就會夢到匿名布告欄。生活完全改觀，媒體記者的攝影機看上去就像狙擊槍的槍口。我不再出門了。只在媽媽待的病房和自家之間往返，成了我的日常生活。即使如此，媒體記者仍然一直追著我跑，網路上的中傷也不曾間斷。

網路上的非難聲浪愈來愈高漲的情形，日文稱為「炎上」（註：起火延燒），而我就實實在在被這把火所焚燒。幾千幾萬個我連名字和長相都不知道的「地球人」，每天每小時每分每秒都在寫我的壞話。網際網路上充滿了我的照片，不時還被修成猥褻的圖片。用爸爸和媽媽的臉做成的各種惡搞的合成照片，我也看過很多次。就算想刪除這些，十歲的我也無能為力。只有真理亞拚命為了我行動，律師、業者、網路供應商，她都去談過，但當時的我愚昧地懷疑真理亞是「爸爸的不倫對象」，跟她在心理上保持距離。愚昧的我孤立了，獨自一人被熊熊燃燒的地獄之火狠狠焚燒。

我之所以會愈來愈無法信任「地球人」，並不只是因為網路。被稱為現實世界的這個世界裡，圍繞我的地球人所表現出來的態度也應該唾棄。

「天誅」。

十歲的我用抹布想把病房玻璃窗上寫的這兩個字擦掉時。

報導群的攝影機一齊朝向我，閃光燈閃個不停。集中砲火攻擊似的大量閃光，讓我頭昏眼花。「她看過來了。」「這構圖很棒。」「設定成直播。」「這才是悲劇的女主角啊。」——我心中湧起了一個印象。

「覺得一樣」。

網路上灑來的是匿名的惡意之箭。

現實中灑來的是匿名的好奇目光。

地球人都一樣。是一種拿我們當靶子，欺凌、謾罵，尋我們開心，最後把我們消費到像破布一樣才肯罷休的生命體。地球上的知性生命體，都是這種欠缺道德與自制心的生物——我理解了這一切。所以從這一天起，我決定不再相信地球人。能夠相信的，就只有過世的爸爸，還有現在睡在這裡的媽媽。所以我決定不讓地球人看到我任何一丁點笑容。

之後我也每天來病房探望。我緊緊握住靜靜沉睡的媽媽的手，一直縮在病床邊不動。我深信有朝一日，媽媽會醒來，會像以前一樣輕輕摸我的頭。不然我都要發瘋了。

我心想只要媽媽醒來，我們兩個人就可以去到一個遙遠的地方——對了，就是太空，只要離開地球，在太空生活就好了——又能過幸福快樂的日子。

可是——

媽媽沒醒，就只是一天比一天瘦，最後瘦得剩下皮包骨。

在病院睡著時，我都是握著母親的手迎來早晨，地球人護理師對我說了一些話，但我不理。我誰也不相信了。那個護理師回到家後，也會在網路上寫我的壞話，消費電視上播報的我的新聞，開開心心地看週刊雜誌上寫的八卦。

我受夠了，再也不想繼續待在這樣的世界。

我想趕快離開地球，想去到太空，和媽媽兩個人相依為命。

但這是不會實現的願望。

不管過了幾天，過了幾個月，媽媽還是沒醒。蒼白的臉上已經完全沒了血色，變得像是一具蠟像。

「媽媽……」

面對已經不知道是第幾次由我獨自迎來的早晨，我擠出聲音懇求。

「天亮了啦……」

我握緊她的手。

「起來啦……我會好好，吃早餐的……紅蘿蔔，我也會吃完……」

我把臉埋到媽媽身上。

「所以……所以……妳醒醒啦……」

沒有回答。

媽媽就只是靜靜地睡著。只是這一天，我覺得握住的手比平常冰冷。

媽媽已經死了。

【2018】

——於是我決定斷絕和地球人的接觸。

接下來的部分，寫著星乃充滿苦難的半生。雙親的死讓十歲少女失去了監護人，被遠親接去扶養。但在親戚家裡，仍然因為受到媒體記者的耳目與街坊鄰居的流言干擾而處不好，讓她在一群連長相都沒看過的親戚之間被當人球踢來踢去。最後當她被一對拒絕育兒的夫妻收養時，惑井真理亞看不下去，自告奮勇決定收星乃為養女。星乃繼承的天文數字的遺產也由真理亞管理，讓任何人都無法染指。這些親戚得知星乃繼承了鉅額財產，態度立刻改變，轉而提議想收養星乃，還有人因此惱羞成怒，責怪真理亞。對星乃沒有興趣，但對錢有興趣，這樣的親戚非常多。

來到真理亞身邊後，星乃也堅決不對任何人敞開心房，不和她住在同一個屋簷下，而是移居到惑井不動產所管理的公寓——也就是這銀河莊，過著憤世嫉俗的日子。接下來，少女手握雙親留下的財產，開始日以繼夜地創作各種可疑的發明，甚至著手「改造」銀河莊二〇一號室。無數監視攝影機、防彈玻璃，以及厚重的艙門。很快地，一戶平凡的公寓住宅，開始擁有都市銀行級的保全設施與媲美地方政府級積蓄的要塞，少女不和任何人說話，一直生活到今天。

過程中，少女大量閱讀母親留下的許多論文，親手重現許多父親留下的發明。在這段期間，她想到了Space Writer——也就是時光機的構想，也開始產生了一種願望，想穿越時空到雙親還活著的時代。旁人聽來是荒唐無稽，但少女是認真的。接著她歷經無數次嘗試錯誤，開發出可說是Space Writer原型的迅子通訊機，開發出掃描視網膜細胞將記憶資訊發送到過去的機器。只是，要回到雙親身邊，就必須開發能蓄積迅子這種能量的電池，這是她到今天都未能完成的課題。

然而，這時幸運降臨了。

我們從伽神春貴的住處扣押了一種像是點菸器的白色小盒子。也就是說，我們取得了迅子電池，讓星乃湊齊穿越時空所需要的最後一片拼片。

【只是，最後還有一個問題。】

文章最後，語氣變得很口語，明顯是意識到寫給我看的文體。

【要回到爸爸和媽媽活著的時代，至少必須Space Write七年份的歲月。但七年前並不存在掃描過我的視網膜細胞的「點」。】

這是我也知道的事實。Space Writer的原理，就是透過將現在自己的記憶資料發送到過去自己的視網膜細胞來讓人穿越時空。也就是說，必須存在作為收訊處的「點」——要在過去的特定時間點掃描過視網膜才行。

【但我發現了，「點是存在的」。】

咦？……

接下來是連我也不知道的Space Write的真相。

【平野同學也知道，我是以「太空寶寶」的身分出生。是人類第一個在太空誕生的生命。因此，從我出生的時候，人體資料就被許多研究機構採集過。】

啊……聽她說到這裡，我也發現了。

【過去都沒發現，實在是太大意。搞不好過去也曾經有人掃描過我的視網膜作為人體資料。不，甚至有可能不是別人，就是媽媽採過我的視網膜資料。所以我從全世界的研究機構去收集自己的資料。只要能夠證明身分，這是很簡單的，畢竟那是我自己的資料。於是我終於找到了。我發現了，在我十歲的時候，有一份由媽媽掃描下來的我的視網膜細胞資料存在。】

我倒抽一口氣。十歲的時候——也就是說，和她失去雙親時是同一個時間點。

【其實，本來需要用Space Writer專用的掃描器——也就是由對講機「木星」掃描，否則就無法進行Space Write。可是，如果是媽媽用的掃描器，也許就有這個可能。所以我決定了，哪怕只有一丁點的可能性，我也要賭賭看這個希望。】

於是少女進行了Space Write，前往雙親還活著的時代。

我看著文章，漸漸懂了這一切。那是個愈了解就愈令人接近絕望的殘酷事實。

星乃是為了去見過世的雙親才發明了Space Writer。而她進行了Space Write，去見她過世的雙親，就按照當初的目的，按照她的夙願。

正因為這樣，我才更明白。

——平野同學是騙子。

這句發言的真意。

——我絕對不可能把從爸爸媽媽手上繼承下來的「發明」，交給不知道從哪裡來的死人骨頭。

對星乃而言，雙親就是她的一切，所以當時她才會否定我的說法。

而當少女得到了一切——

她就絕對不會再回來。

3

於是絕望的世界開始了。

【大地同學，怎麼啦？感冒嗎？我可以送東西去給你吃喔。】

【平野，你沒事吧？最近都沒看到你，過得還好嗎？】

【平野同學，不好意思一直發訊息給你。我很擔心，可以的話請回我。】

我在銀河莊二〇一號室，癱軟地趴在地上，查看手機收到的訊息。涼介、伊萬里，以及宇野。他們三個都發了關心我的訊息過來，但我沒有心思回。

自從看過星乃留給我的「臨別留言」，我就不由自主地知道了。知道星乃進行Space Write的真正意義。

我曾有過錯覺。

只要去醫院，星乃的身體就在我眼前，在呼吸，身體也是溫暖的，睡得很安詳，所以我還沒有切身的體悟。

但星乃不會回來了，再也不會醒來。

對於我——以及「這整個『世界』都被星乃拋棄的事實」，尚未有所體認。

葉月那件事應該已經讓我理解。Space Write的人會失去意識，一輩子昏迷不醒，就這麼結束生涯。即使肉體還留在「現在」，心已經完全飛到了「過去」。為什麼葉月會那麼絕望，成了復仇與怨念的結晶，一路追著我來到這個時代？我對葉月做的事情有多殘忍，現在我有了切身的體認。

星乃把這個世界，把這個時代，把七十億人，全都拋棄了。然後她本人飛到了過去，再也不會回來。哪怕她一直過到二〇一七年，那也不是在「我」所在的世界。是一個星乃的雙親活下來，她並未變成繭居族，而我也沒遇見繭居族少女星乃的世界。一個和這裡不同的世界。

我太小看她的決心了。

『我不會當太空人。至少，不會靠地球人幫忙。』『地球上的知性生命體，都是這種欠缺道德與自制心的生物。』『於是我決定斷絕和地球人的接觸。』『地球人沒有一個好東西。一個都沒有。』——這些都是星乃一直掛在嘴上的話。星乃一再表明對地球人的不信任，我聽得耳朵都要長繭了。這同時也是在表達一種意見，這個世界根本沒有什麼值得她留戀的。面對沒有一個人可以信任的世界，誰也不會有什麼眷戀。

我太小看星乃對雙親的感情，也太小看她對地球人的不信任了。

那個少女渴望雙親，渴望到不惜拋下一切的地步，而她對地球人也恨得想拋下一切，對這個世界根本沒有眷戀。沒錯，就連滿懷慈愛養育星乃長大的惑井真理亞，她都拋棄了，只不過在這個世界一起過了短短幾個月的我，根本想都不用想。至少，跟星乃的雙親比起來，我就是這麼不重要。

不會吧。我躺下來抱住頭，兩腳一伸，就踢到破銅爛鐵。

我是透過Space Write來到這二〇一七年，回溯了足足八年的歲月，特地來到星乃還活著的時代，但我要找的她卻飛去了另一個時代——可以這樣的嗎？

一切都是我自己做過的事。

我對葉月，不對，不只是對葉月，對真理亞，對爸媽，對朋友，對照顧過我的所有人做過這樣的行為。因為不順利，就拋下整個時代，只有自己重來的行為。而星乃就把這樣的行為原封不動地施加到我身上，星乃所做的事，全都是我自己做過的事。這是一種無情又殘酷到了極點的冷酷行為，表示平野大地對天野河星乃而言，是整個丟掉也不可惜的。

原來葉月是這樣的心情啊？

被我連同整個世界，整個時代一起拋在後頭，被推落絕望深淵。

難怪她會恨我。那就像是困在雪山，看著背叛者拋下同伴，只有自己一個人搭上救難直昇機；又或者像一個把我丟在深山，只有自己一個人開車回去的朋友。那是一種太離譜的暴行，不管是多麼溫厚的人物都會化為仇恨的結晶。這是莫大的背叛。

不，我想星乃一定不認為這是背叛。背叛是要有信賴關係才會成立的行為，我與星乃之間並不存在這樣的關係。至少看在星乃眼裡，我並不是一個值得信任的人物，證據就是現在的這個狀態。

「嗚、啊……」一認清事態，我就覺得要發瘋，想喊出來。實際上我也已經呼喊了好幾次，但這沒有意義。星乃不會回來。她拋棄我，回到過世的雙親還活著的時代，再也不會出現在這個世界。

怎麼會？為什麼？這是怎樣……我看著自己遮住臉的雙手。不知道是什麼時候抓的，指甲縫裡沾黏著許多皮膚與血液。

我要活下去。在這個世界，在星乃不在的世界，一直活下去，活到二十歲、三十歲、四十歲，一直活到年老死去為止。再也見不到星乃，一直活下去。

葉月的絕望悄悄靠近。原來她是這樣的心情嗎？原來被拋棄就是這麼悲慘嗎？會這麼恨對方嗎？星乃，星乃，沒有這樣的啦。也不用一聲不吭就走吧？我對妳來說就這麼不重要喔？不對，不管重不重要都無所謂，多麼看不起我都好，多麼防著我都好，我就是希望她留在這個世界，不希望她對這個世界死心。這幾個月來，我自認從暴徒、從槍擊、從網路上的惡意、從無人機的監視——從各式各樣的威脅下保護著她。可是，這些並未發揮任何留住她的作用。我在第二輪的努力，全都被丟進了垃圾桶，被星乃自己丟進去。

「嗚啊啊啊，啊啊，啊啊啊啊。」沒出息的呼喊聲從喉頭發出。騙人。這些都是假的。這是夢，是一場夢，等我醒了，星乃一定就坐在電腦桌後頭，用不高興的眼神看我。然後我就會鬆一口氣，覺得：啊～還好，還好是一場夢，嚇我一跳。不然，如果不是這樣，我就澈底不值得。

明明是來救她，卻被想救的對象拋棄的可悲男子。

指甲上沾滿了血。頭皮流出血。到底要抓幾次才會這樣？連我自己都覺得傻眼，搖搖晃晃地起身。

我想見星乃。

我踩著搖搖欲墜的腳步，在朦朧的意識中走了起來。

4

從車站徒步十分鐘左右的私立醫院。

走在醫院的走廊上，從旁走過的護理師瞪大眼睛看了我一眼。是我的樣子太嚇人嗎？現在我沒有心思顧及服裝儀容，滿腦子想的都是星乃。

走廊靠裡的病房。把門滑開一看，房間深處有一塊區域用拉簾隔開，星乃就睡在裡面。病房裡沒有別人，裝設在病房內的螢幕和像是心電圖的器材靜靜地運作。

少女就只是靜靜地睡著。除了點滴的管子刺在手上以外，就和平常的星乃一樣，臉色很白這點也跟平常的她一樣。唯一不同的點，就是她的眼睛已經確定一輩子都不會再睜開了。

我把椅子拉到床邊，靠坐在椅子上。握住星乃的手掌，果然有溫暖，脈搏讓人感受到生命的鼓動。

但她已經死了。雖然我不清楚醫學上的定義，但她無疑處在腦死或接近腦死的狀態。不，細節不重要。星乃再也不會醒，只有這點是非常確定的，而且光是這一點，一切就令人絕望。

「星、乃……」我拉過她的手，祈禱似的緊緊握住。

仔細想想，這具「身體」也是一樣。星乃的「意識」進行Space Write，只有這副「肉體」留在這裡。從被星乃拋棄這個觀點來看，這具不停沉睡的嬌小少女身軀也和我一樣。

這個身體，會再活上幾年，不，應該說還會活上幾十年呢？星乃的身體會就這麼漸漸長大，老去，死亡嗎？我的人生，就只是一直看著逐漸老去的她嗎？

無意間，星乃白嫩的頸子映入眼簾。

她的頸子那麼白，沒曬黑，細得讓我覺得一隻手就能握住。

嗚……一種從未有過的衝動突然從我心中湧起。星乃的身體，再也不會醒來的身體，就這樣只是等著死亡來臨的肉體。

我輕輕摸了摸她的頸子。手指感覺得出血液從頸動脈流過。

如果……我想著這可怕的行為，但雙手手掌就是不從星乃的頸子上放開。

現在的星乃，可以算是活著嗎？

「…………」

我放開手，遮住自己的臉。我的手掌上確切地留著少女的體溫，記憶著少女頸子柔嫩的感覺。她那嬌嫩得像是隨時都會折斷的頸子上，微微隆起的喉頭微微動了動。

我剛剛在想些什麼？我想做什麼？難道我是想把星乃——

「——大哥哥？」

我大吃一驚，忍不住往後仰。

回頭一看，一名少女站在病房門口。

「你怎麼了？」

「……葉月。」我輕飄飄地站起。

——學長卻想以自己為中心來轉動世界，然後把時間的齒輪倒轉。結果，被這齒輪輾死的，就是我。

不知不覺間，我已經跪在葉月身前。

「對不起……」

對她道歉。

「咦？」葉月驚呼出聲。「學長怎麼突然這樣？」

——學長以為道歉就能得到原諒嗎？畢竟學長可是做了沒辦法挽回的事情耶。

我其實沒懂。在自己變成這樣之前，都不曾真正懂過。等實際有了同樣的下場，愚昧的我才總算有了切身的體認。

體認到Space Write的罪孽多麼深重。

「葉月……對不起……原、原諒，我……」

我握住少女的手，把額頭往她手上蹭，乞求她原諒。

「學、學長是怎麼了啦？為什麼要道歉？媽媽！媽媽！」葉月窘迫地呼喊母親。

「怎麼了！」聽到女兒叫得驚慌，真理亞跑了過來。

「喂，怎麼啦，大地？」

看到一名男子苦苦哀求遠比自己年幼的少女，真理亞吃驚地叫了一聲。

「對不起……是我，害的……」

「這話怎麼說？」

「星乃……還有葉月……會這樣，都是我……」

真理亞看看女兒。葉月搖搖頭，做出表示不明所以的動作。

「大地，你冷靜點。來，站起來。」

真理亞抱住我的手臂。

「星乃不會有事的，她很快就會醒來，你這樣做什麼？」

「真理亞伯母。」我忍不住說出口。「這妳就錯了。」

「咦？」

我揮開她的手，然後又垂下頭。

「已經，不行了。」

我按捺不住鬧彆扭的話，說了出口。

「星乃不會醒。」

「你在說什麼啊？」

「就說了，星乃已經不行了，她一輩子都不會醒來。我們被她拋棄了。」

真理亞靜靜地呼氣，溫和地開導我：「大地，我知道你擔心她。可是醫師也說她沒有異狀，她一定會醒的。」

「星乃她死了。」

「什麼？」

「星乃她，飛、飛到了遙遠的過去，然後，不會再回來了。她穿越時空，去找過世的雙親，所以，再也不會回到，我們身邊了……」

啪的一聲響。

光是這麼一下就讓我雙膝軟倒。

真理亞低頭看著我，以嚴肅的口氣說：

「你去冷靜冷靜，再也不要說什麼星乃死了這種話。」

5

我搖搖晃晃地徘徊在街頭。

路上行人看著我，就像看到令人不舒服的事物似的，誇張地避開我。

——星乃她死了。

實際說出口，讓我懂了。

星乃死了。雖然肉體活著，但心已經待在「過去」。借用秋櫻的話，就是「就算還在呼吸，心也已經死了」。雖然和本來的意思不一樣，但對我而言，實實在在就是這麼回事。而最重要的是，現在的我自己就處在心死的狀態。

被真理亞打了一巴掌，軟倒在地時，葉月臉色大變地呼喊：「媽媽，不要這樣！」這景象彷彿和第一輪下著雨的那一天——銀河莊開始拆除的那一天，我被真理亞打的那一天重疊在一起，讓我覺得好諷刺。失去星乃後，我要去的地方永遠都是一樣的吧。

一股黑色的情緒慢慢在心中漾開。我知道這是什麼感情。摻雜著死心與絕望，以及對別人與自己的憤怒，無可救藥的自暴自棄。會殺死我的感情。一種讓我覺得整個世界的一切都在嘲笑我，讓我想恨這一切的感情。

星乃死了。死了。死了。死了。這句話跳脫為獨立的概念，在我的頭蓋骨上繞行。只要讓一點點這樣的念頭入侵腦內，我就會立刻想嘶吼。

我承受不了。不想相信。

這樣就結束，會不會太扯了？

畢竟大流星雨是在五年後，我們在遊戲中打贏Europa，也贏了剽竊犯伽神，然後，然後……我不認命地抓住這些事情，抓住一種叫作蠻橫的命運之神不放。

如果是被大流星雨害死也還罷了。

如果是中了六星衛一的圈套也還罷了。

如果是被那些時空穿越者殺死也還罷了。

實際上並不是這些情形中的任何一種——

是星乃自己說聲「再見」就離開，全劇終。

「哪有這麼離譜的事情！」

我鏗的一聲踢翻眼前的垃圾桶。垃圾桶倒下來，垃圾在路上散了一地。「先生你幹嘛！」垃圾桶所在的店家男性大聲喊我，但我沒回頭。「慢著！」對方抓住我的肩膀，我強行掙脫後，手肘碰到對方。這下引爆了衝突，換我被推了一把。

我終究沒有任何覺悟，就只是找東西出氣，輕而易舉地就被推倒在路上。我趴倒的地方有著剛才被我打翻而散了一地的垃圾，而我就一頭栽了進去。這些大概是廚餘，一股腐臭味直衝鼻腔，令人不舒服的苦味在嘴脣附近蔓延開來。

「呸！」

我一口吐掉，搖搖晃晃地站起。

「這、這小子，想打架嗎？」

推倒我的店員有點慌地瞪著我。我打量他一會兒後，又轉過身去。我也可以莽撞地撲上去揍他，但我知道這沒有任何意義，而且最關鍵的是，又發生這種讓我聯想起第一輪發生的事——當時是和進行拆除工程的業者打架——搞得我受不了自己的愚蠢。

我沒有長進。

我仍然是個等級很低的勇者，失去了要拯救的公主，之後就像個街上的混混，自暴自棄地鬧事。大概過不了多久，也會去鬧便當店的店員，要對方免費施捨我便當吧。就和第一輪一樣。

一看手機，又收到了涼介他們的訊息。

我不理會，把電源也關了。要是用現在這樣的心情去見他們，連我自己都無法相信自己，不知道會如何對他們找碴。我不想讓自己變得更悲慘。

到頭來，我的腳還是走向了這裡。銀河莊。我抬頭看著再也不會有人回來的建築物，以無力的腳步爬上生鏽的樓梯。接著——

「嗨。」

6

我什麼都不在乎了。

「哎呀？哎呀呀？你好沒精神喔。」

伊緒待在二〇一號室門前，坐在公寓外牆上。一種只要稍微失去平衡就會整個人往後摔下樓的姿勢，但相信這些都和這個魔物少女無關。

「啊，你又在想這種沒禮貌的念頭。我是女生，會很受傷耶。」

這個少女要說什麼，我都已經不在乎了。我已經沒有任何東西可以失去。

「還是你比較喜歡我像之前那樣橫著站？不過那個啊，意外地累人耶。」

——等一下？

我手先放上門把，這才想到一個念頭。

魔物。

這個少女會不會有什麼可以起死回生的妙計？有什麼超越人智所能理解的妙計，可以帶回星乃——

「伊緒。」「很遺憾。」

我淡淡的期待立刻被否決。

「那樣的階段已經過了。天野河星乃進行Space Write，導致一切平衡都崩垮了。」

伊緒一邊盪著腳一邊脫下貝雷帽。

「其實啊——」

少女眉尾微微下垂。那是我過去不曾見過的帶著點哀傷的表情。

「今天我是來跟你道別的。」

「……道別？」

這句話聽起來有點聳動。

「接下來，我得去修復崩垮的平衡，所以在這個時代也只能待到現在。也就是說，這是我最後一次見你了。」

「喂，妳說最後？」

「雖然過程讓我看得挺開心的，但最後真令人遺憾啊。不過人生就是這麼回事，很少會像小說那樣順利走到大團圓結局。雖然黑井冥子似乎是把人生比喻成故事，但在我看來，這個比喻太浪漫了。卓別林說：『人生近看是悲劇，遠看就是喜劇了。』可是要讓我來說的話，不管近看還是遠看，喜劇就是喜劇，悲劇就是悲劇。人生這種東西，可以只因為一次蠻橫的天災人禍就被撕去所有篇幅，不是序章，不是伏筆，就只是以單純而無情的悲慘結局作收，這樣的情形滿地都是。輸給豪門學校的弱小球隊聚集同伴，多加練習，然後反敗為勝，這樣的故事基本上不會發生。你應該懂的。」

我心中對這個少女多少有些期待。她雖然說話像是在捉弄我，態度像是吃定我，但每次還是會在關鍵時刻給我寶貴的建議，讓我有新的發現。而今天她卻突然把我推開。

「可、可是，妳……不是說過嗎？說人生的經驗值就算失敗也能得到，說人生的橋沒有對岸，所以——」

「我就是在告訴你，這裡就是對岸。」少女的眼睛暴出精光。「天野河星乃的人生就在這裡結束，想救她的你，故事也到這裡結束。不會再出續集，就是所謂的腰斬。」

「哪有這樣的……」

「再見了，平野大地同學。」少女的身影漸漸淡去。

「等一下！不要放棄我——」

「你還是搞錯了一件事。」

最後聽見的話感覺非常無情。

「『人生沒這麼好混』。」

貝雷帽輕巧地落到外牆上。

接著伊緒消失無蹤。

7

我在銀河莊前面癱坐下來。

一切都結束了——我有這樣的感覺。

之前每次都像超自然現象一樣，以一個不受物理定律束縛的魔物姿態出現在我面前的少女，現在消失了，還附上道別的話。

星乃消失了，伊緒消失了，不能Space Write了，也沒有電池。我孤伶伶地被留在這個一切都卡關了的世界。

接下來「一生」就要開始。

星乃不在的一生。

我莫名想起了電影裡的一個場面。是一部午間在電視上重播的平凡無奇的海外電影，有非常典型的怪物出現，登場人物接連被吃掉。一個配角下半身被怪物巨大的下顎漸漸咬碎時，表情演得非常逼真，起初是染上恐懼，哭喊著討饒，但最後變成死心的表情，露出沒有感情的笑容後，被怪物一口吞了下去。現在我覺得我好像能夠體會那個配角為什麼會露出死心的表情。

下半身被吃掉就絕對沒辦法活命。即使勇敢的主角去救他，救護車立刻趕到，下半身被吃掉也絕對會死。絕望到這個地步時，人就會死心，會失去表情，甚至會露出沒有感情的笑容。

「哈哈、哈……」我背靠在門上，邋遢地雙腳一伸，就像個靠在電線桿上的醉漢，癱軟無力。仰望的天空藍得諷刺，視線所向之處的下半身，褲子的皺褶看上去就像是被怪物咬得開腸破肚而流出的內臟。

我會死。

我有了這種念頭。不，是有了這種感覺。一種從身體深處湧上的切身感受。

我會死。相信我就像那個下半身被吃掉的配角一樣，遲早會精神澈底崩潰而死。哪怕往後有多麼棒的幸運或一大筆錢從天上掉下來，星乃都已經不在了。如此一來，等著我的下場肯定和第一輪一樣。我會在精神上死去。不，是已經死了。這個被星乃拋棄的世界就像個巨大的棺材，就像我過去Space Write而拋棄了「第一輪」，這次輪到我被拋棄了。

「哈……哈哈、哈……」

沒料到吧？

作夢也沒有想到這個故事會結束得這麼難看吧？

一定隱約相信主角會在某個地方反敗為勝吧？

但其實不是。

我是個配角。主角是星乃，我終究只是配角，而被主角拋棄的配角會死在絕望之中，被怪物吃掉的路人立刻就會退場。

——這樣啊……

雖然只是隱隱約約，我好像多少懂了那個少女——戴貝雷帽的少女所扮演的角色。伊緒說自己是「Balancer」，這意思我到現在還不太明白，但如果這個世界是一本小說，是一個以星乃為主角的故事，那麼她大概就是旁白，或者說書人吧。

事到如今……這些都不重要了……我在一切都已經結束的世界仰望天空。

——人生，就是故事。

我想起之前黑井說過的話，然後有了個想法。

如果人生是故事——

沒錯，我的故事，就這樣——

到了終章（Epilogue）。

8

醒來一看，我還活著。

呼吸幾下，就有乾澀的聲響從肺往嘴穿出，又從口中回到肺裡。

就算還在呼吸，心也已經死了。這麼說來，這身體應該已經用不著了吧。就像星乃拋棄了身體，我也應該拋棄這身體。但我的身體很不認命，還在繼續脈動。

由於我從昨天起就什麼也沒吃，一醒來立刻感受到空腹。但我並不是有食慾，就只是對空腹覺得不耐煩。思考支離破碎，我什麼都不在乎了。

不知道就這麼呆坐了多久。完全沒開暖氣，寒冬的寒氣中，我就像太平間的遺體一樣，就只是躺著不動，發呆看著天花板。星乃喜歡的不明飛行物體吊燈無力地掛在那兒，室內昏暗的燈光讓我對於現在是白天還是晚上都搞不太清楚。

我像隻毛毛蟲，身體微微一動，就有個破銅爛鐵滑下來。我使蠻力揮開，就有一堆書籍似的物體碰到我的手，最後垮了下來。我左半身被這堆破爛淹沒，感覺就像被掩埋的屍體。如果星乃的家是我的墳墓，那是求之不得。

我撿起因為書堆垮下而碰到臉上的紙張一看，那是電腦零件的保證書或說明書。我立刻丟開，結果又有一張紙滑了下來。我正想丟開——

「啊……」

我的目光停在手上的「物體」上。

那是一本薄薄的手冊。

《尋找夢想的方法　～生涯規劃諮詢導覽》。

「這是……」

有個印象閃過我的腦髓。

——大地同學啊，畢業以後，你要做什麼？

那是以前——「第一輪」的時候，星乃交給我的手冊。封面的插畫是動畫風格的少年與少女，旁邊用對話框寫著「生涯規劃該怎麼辦？」「我的將來會是……？」這樣的台詞。和前不久爆紅的劇場版動畫主角與女主角神似，兩人身旁也有著「你的夢想？」這麼一句很像電影片名的標題。

——要不要試試看？

當時星乃遞出筆，要我去上這個課。打開手冊一看，裡面有一頁有著像是陞官圖，又或者說像神祕圈的多個圓形相互以線條相連，正中央的一個大圓圈寫著「夢想」。是讓人把聯想到的關鍵字寫進圓圈裡，將自己的希望逐步具體化的心智地圖。名目上是為高中生安排的「生涯規劃諮詢導覽」，但最後一頁琳瑯滿目地列了許多「國家考試」、「窄門考試」。從這業界大牌證照班的商標來看，算是一本挺花心思的宣傳手冊。

「誰要去上這種東西……」

——大地同學老是講沒幾句就這樣逃避。

星乃的台詞又在我腦海中復甦。當時她莫名地死纏不放，硬要我去上這課程。我回想起往日的星乃，現在一切都覺得好懷念，又好空虛。

這種東西——我愈想愈生氣，想乾脆撕掉，但手冊比想像中牢固，硬是撕不破，而且我發現這是兩本手冊疊在一起。當我發現時，兩本已經分開，其中一本又掉到臉上。

可惡……我覺得連手冊都看不起我，正要把兩本一起丟掉時。

「咦……？」

這時我發現了。

先前疊在一起的手冊——被遮住的另一本上寫了一些「字」。在所謂「心智地圖」裡，以圓滾滾的字體密密麻麻地寫了字。

☆取得高中同等學力證明（為了考大學）。特例應考也要納入考量。

☆在大學要修航空太空工程學系與應用化學（和爸爸同一間海外大學）。

☆在ＮＩＨ研究老化與細胞（和媽媽同一間研究所）。

圓圈裡，星乃的字跡密密麻麻地記了這些事項。寫上☆號條列是星乃從以前就有的習慣，我聽她說過是模仿母親。

「那丫頭……」

接著在心智地圖的正中央，「夢想」的字樣下，寫著這樣一句話。

☆夢想是當太空人！

——太空……人。

星乃說過。她很難為情地說著，在手掌上畫了很多次「☆」號。

——對，太空人。

她對我說起將來的夢想。

寫著「爸爸和媽媽的夢想」的地方劃了線，還寫上「ＣＨ細胞研究」、「ＳＯＴ系統」、「迅子實驗」、「新型衛星連鎖」等內容。這些都是由星乃的雙親——彌彥流一與天野河詩緒梨所提倡，卻未能完成就挫敗的研究計畫。沒錯，星乃為了繼承雙親的這些夢想——為了到遙遠的太空，撿起一度停滯的夢想的棒子，所以跳脫繭居族的習性，克服對人的不信任，努力學習不習慣的游泳，累積多得數不清的努力，當上了太空人。

——可是……

那場史無前例的人造衛星恐攻——「大流星雨」奪去了一切，殘忍地奪去了星乃的夙願、夢想，與未來。『啊啊——可是我還是，好不甘心。好不容易，好不容易，才來到這裡，跟大地同學，一起……抓住夢想，爸爸、媽媽的夢想，才正要繼續。我不要，不要這樣，這樣還是……太過分了啦。好不容易，好不容易，才來到這裡。啊啊，啊啊，大地同學、大地同學、大地同學——』被拋到宇宙空間的少女一頭黑長髮散開，求救似的朝我伸出手，在無聲的太空喊出的話是——

救、救、我。

「為什麼……」

我為什麼會忘記？

我為什麼沒想起？

心智地圖寫得密密麻麻，整個頁面都沒留下空白。星乃的未來圖。她是這麼熱情，這麼往前衝，描繪「夢想」、「將來」、「未來」，我卻沒能發現。我自認知道，但一直覺得這些事情還早，不對，豈止如此，甚至覺得如果是為了不遇上大流星雨，反而別上太空比較好——我甚至有了這樣的念頭。

『我不會當太空人。至少，不會靠地球人幫忙……所以，平野同學是騙子。』——這樣責難我的少女，其實甚至寫下了這樣的東西，將自己的夢想深藏在心中。

我一直嘲笑她。

『噗、噗噗……妳、妳喔，太空人……妳，這，我跟妳說，這可是全世界最難當上的職業耶。也、也不想想妳是個繭居族，講這什麼話啊？』『而、而且妳啊，別、別說太空了，連走路五分鐘遠的便當店都不太敢去吧？』『還說要當太空人？噗、噗哈哈哈哈！』——我一直嘲笑她，一直嘲笑追夢的人。連星乃的夢想，我都嘲笑。

伊萬里那時候也一樣。『年輕的時候這樣也行啦，但退休後要怎麼辦？要是存款和年金太少，老了以後可是很悲慘的耶。』『妳這麼想就笨啦，夢想這種東西，年紀大了就會忘記，但如果老了卻沒有存款，人生就會走不下去。』『夢想差不多有百分之九十九都不會實現。也就是說，老大不小還追逐夢想的傢伙，有百分之九十九人生都會走不下去。』CP值很差，可能性很低，擔心老了以後過不下去，風險要怎麼辦——我一臉得意地講出這些話，否定了伊萬里的夢想。不只這樣，對班上同學也是。一看到對方的臉就打量對方，高高在上地認為對方的人生CP值差，頭腦不好，自己卻沒有任何夢想，也不努力，淪為只是吃著垃圾度日的人生被淘汰者。差勁透了。我是個雜碎。

——可是……

『對我來說啊，一旦放棄夢想，那就成了「百分之百」會後悔的人生。』伊萬里讓我知道有夢想的人生是多麼美妙。『我要拚啦～～大地同學，我已經脫胎換骨了。從今天起，我就是山科涼介Mark II，又叫Super山科涼介。』之前那麼害怕在班上格格不入的涼介變得那麼神采奕奕，發光發熱。『我啊，被平野同學拯救了。多虧平野同學，讓我覺得找回了人生。』宇野終於保住差點被母親丟掉的寶貝，朝夢想踏出一步。「人生就是故事。」黑井搶回被偷走的作品，找回了人生——大家教會了我。教會我夢想，以及夢想的重要。他們讓那個看不起別人，人生態度吊兒郎當的我學會了重要的事。『妳寶貝的……東西——絕對，不要丟掉啊……』所以不管是那個時候……『她和我不一樣，很了不起。她有才能。』『她有夢想，一直努力拚到今天。』還是這個時候……

從一開始，我被拋棄這種事情根本就不重要。我被拋棄的這件事，根本是我由衷不在乎的渺小的自尊心。真正重要的，是「這個」——是在這本手冊上寫得密密麻麻的她的「夢想」。

被拋下的不是我。

是夢想。

不知不覺間，臉頰已經濕了。

寫得密密麻麻的手冊從我顫抖的手上滑落。而另一本空白的小手冊，角落用小小的字寫著這樣幾個字。

『平野同學的份』。

「哈哈……」

眼淚鹹鹹的，我把手冊拉開，像是獎狀一樣拿好。

相信她一定會這麼說吧。

「大地同學……缺乏夢想……」

絕望是絕望，想不到任何方法，也沒有任何計畫。

但這不構成理由。

就像哪怕百分之九十九辦不到，也不構成放棄夢想的理由。

我細心折好手冊，收進口袋。結果，感覺就像星乃的夢想依附在上面，讓我的胸口慢慢發熱。

我擦去眼淚，站了起來。

我能做什麼呢？也許什麼都做不到。可是——

我正視前方。

還沒結束。

如果她把「夢想」忘在這裡，我就送去給她。得讓她想起來才行，因為，我就是為此才來到這個世界。因為我待在這裡，就是為了找回她的夢想和未來。

我和星乃的故事，還沒有——

結束。

這時，門鈴響了。

「啊……」

我看螢幕，發現站在門外的是個有著黑色長髮的少女。

打開玄關門一看。

「——我們繼續，可以吧？」

她問得沒頭沒腦，但我莫名明白了意思。

我看著她，微微點頭。

「那麼我問你，平野大地。」黑井單刀直入地問了。「你，還有意繼續這個『故事』嗎？」

我對這個問題立刻做出回答。

「那當然。」

「哼……」

她生氣似的哼了一聲後，同樣生氣似的宣告：

「你總算恢復像是主角的表情了啊——那我也來盡我棉薄之力吧。」

接著她把一個東西遞到我面前。

「啊……」

那是個眼熟的白色盒子——

迅子電池。

「這是最後的機會了，平野大地。」

第七章　過去與未來

【2018】

銀河莊二〇一號室。

我們坐在星乃愛用的電腦前，連上周邊器材。平常這是星乃的個人空間，我還是第一次和星乃以外的人並肩坐在這裡。

「我想你應該知道。」黑井一邊開機一邊說明。「我們沒有西元二〇一七年以前的點，所以無法Space Write到過去。既然如此，剩下的可能性就是和過去『通訊』。」

「嗯，我知道。」

黑井的想法是這樣。既然我們無法進行Space Write，和星乃聯絡的方法就只有一個。那就是以前第一輪的我也用過的星乃發明的裝置。

——救、救、我。

迅子通訊機。

「可是，這樣好嗎？」

「什麼好不好？」

「電池……本來這是妳用來回未來的份吧？」黑井給我的電池，和伽神春貴持有的電池是同類型的「迅子電池」。她不肯告訴我是從哪裡取得的，但聽說是萬一有需要時用來回到未來的緊急手段。她把這唯一的電池交給了我。

「沒關係，我已經用不著。」「意思是說，妳要就這樣在這個世界活下去？」

「嗯。多虧了你。」黑井說得理所當然，但照理說應該不是這麼無關緊要的事。沒有人知道以後到底會發生什麼事。也許伽神會惱羞成怒，策劃什麼計謀，也說不定會發生意想不到的狀況，黑井受重傷而無法執筆的可能性也是有的。這種時候，Space Write用的電池應該會是一種無可取代的「保險」，說來就是一種救命繩。

「沒關係。這是我自己決定的事。」黑井一邊檢查通訊機一邊說道。「我不希望我的主角（英雄）死心，不管在小說，還是在現實世界。」

——你是我的英雄。

黑井一臉正經地這麼說完，然後說：「調整好了。」

○

「這終究是場賭博。我們能做的就只有在現在——二〇一八年一月的今天這一天創造出『點』。會不會發現這個『點』，對我們送出通訊，全看過去的天野河星乃。」

「也就是碰運氣？」

「運氣也有，但本質上是要看天野河星乃的意志。」

我點點頭。掛在脖子上的流線型耳機——迅子通訊機微微搖動。

這個作戰，解釋聽得愈多就愈覺得靠不住。既然無法進行Space Write，我們能做的就只有「通訊」。而這通訊也只能創造出點——也就是設置收訊裝置，會不會打來全看星乃的意思。這是一種很被動的作戰，只能一直等著不響的電話響起，但現在也只能做我們辦得到的事。

「就算通訊接上，大概也只能講個幾分鐘。」

「幾分鐘……這麼短嗎？」

「很遺憾，憑我擁有的電池，這就是極限了。而且這電池並不是天野河星乃開發的『純正』電池，『通訊』完全超出原來的設計目的。」

「所以是非正規品？」

「就是這麼回事，所以電池的『電量』沒有辦法保證。聲音和影像的品質也沒辦法保障，最壞的情形下，也許一句話都說不了就會結束。尤其對方擁有同機種通訊機的可能性很低，只能祈禱天野河星乃在過去的世界會再次發明出來。」

「條件好吃緊啊。」

「可是，現在就只有這個。」

「黑井……我該跟她說什麼才好呢？」

「我不是說過嗎？」黑井低聲回答。「我不擅長和人來往。尤其編輯經常說，我描寫的男女間的對話有致命的偏差。」

「……是嗎？」

「不要思考。言語很重要，遣詞用字更是小說的關鍵，可是真正重要的是投注在言語中的感情。說一次沒傳達到，就說兩次；兩次不行，那就不管要幾次都繼續說。選擇遣詞用字是必要的，但把要說的話說完更重要。」

「把要說的話說完……」

我凝視黑井，結果黑井也凝視我。

「做好心理準備了嗎？」

「好……麻煩妳開始。」

坦白說，我還沒做好心理準備。如果星乃和雙親過得幸福，到時候我能做的事情是什麼呢？如果再次被星乃拒絕，該怎麼辦呢？更根本的問題是，能和星乃接通嗎？星乃會想跟我說話嗎？要列出擔心的點根本列不完，但這些都不重要了。如果星乃待在門後，我就會去敲門，就像過去我做過很多很多次那樣。

「好，讀進去了。」

黑井把白色的盒子裝上去，正面的螢幕上就顯示出小小的圖示。電池剩餘時間顯示【05:30】，分分秒秒在減少。

「…………」

我和黑井都吞著口水，觀望情形。根據黑井的說法，如果成功，星乃應該會收到訊息。如果失敗，事情會就此結束。

【04:58】轉眼間，剩下不到五分鐘了。

我閉上眼睛，又睜開，但螢幕上沒有變化。黑井也在我身旁凝視著螢幕。時間繼續過去。【03:42】時間是無情的。平常根本不會放在心上的一兩分鐘像箭一樣飛快地過去。剩下不到三分鐘。螢幕沒有反應。我看看黑井，她也側眼看向我，但微微搖頭。

【01:56】剩下不到兩分鐘。冷汗流過腋下。即使現在馬上連線，也只能講一分多鐘。有五分鐘都很難了，只有短短一分鐘，我有辦法說服星乃嗎？

【00:59】最後一分鐘。電池已經撐不下去，圖示開始閃爍，但螢幕沒有任何變化。剩下三十秒。不會吧。不會吧。剩下二十秒。

我本來隱約相信，心裡有個角落懷抱著天真的淡淡期待，相信會像之前那樣，總是在最後關頭，千鈞一髮之際，走過這座很窄很窄的橋。但這只是個沒有任何根據的樂觀期望，剩下十秒——啊啊，啊啊啊啊啊。

倒數讀秒開始。『8』、『7』、『6』就像執行死刑一樣，個位數持續減少。不行了。失敗了。黑井，對不起，妳的電池，就為了這種事——我忍不住撇開臉。

這個時候。

噗滋一聲。

「……咦？」

抬起頭一看，螢幕上顯示出一些東西。一片漆黑的背景下，有些粒子狀的東西飛來飛去，漸漸形成影像，光點就像太空中流動的星星般交錯。倒數讀秒莫名停在【00:04】，再也不動了。我搞不懂這是畫面定格還是當機，看向黑井，但她也睜大眼睛盯著螢幕。接著畫面上開始出現一些奇妙的東西。

『10101000110100101010110001010101011
00100111011001001101010001101001010101
10001010101011001001111100100110101010
00110100』。

『0』與『1』的洪水忽然間充斥整個畫面，密密麻麻地從畫面的一端覆蓋到另一端，就像持續繁殖的細胞接連流過。

——二、二位元資料？

我不知道發生了什麼事。「黑、黑井。」「啊……」黑井嘴巴半開。她任由雙眼映出無數的數字，喃喃說道：「是這麼，回事啊……」

我正要反問是怎麼回事。

黑白的畫面上有影子浮現出來，緊接著——

——啊、啊啊……

上面顯示出了一名少女。

【2018→2010】

「嗚、啊啊……」

我倒抽一口氣。那確實是星乃，我不可能會看錯，是我所熟悉的星乃。

但螢幕上顯示的少女是黑白的，最重要的是看起來很稚氣。看似只有小學生的年齡，但我立刻想到了理由。如果這是來自「過去」的通訊——

「星乃……？」我朝耳機的麥克風呼喊。畫面上的少女有了反應，注視著我。她看得見嗎？聽得見嗎？

接著疑念化為明證。

『——平野同學。』

聲音傳了過來。那是星乃的嗓音，只是非常——年幼。

「是星乃……嗎？是星乃沒錯吧？」

我忍不住問了理所當然的事。迅子通訊機的原理以及實際能夠通訊的事實，這些我明明應該都知道，但實際面臨這樣的情形，還是揮不去難以置信的心情。

『果然，是平野同學啊……』

星乃以年幼的嗓音喃喃說完，稚氣的眼睛垂下視線。

「妳，這……」

『十歲。』這個直覺很敏銳的少女搶在我問出來之前就回答。『我十歲。這裡是西元二〇一〇年，你那邊是二〇一八年一月……這樣沒錯吧？』

「對……」

十歲的天野河星乃。只曾透過舊照片或網路圖片看過的人物，現在卻這樣和我說話。星乃本來就是娃娃臉，所以讓我真的有種在和幼兒說話的感覺。

各種心情交雜下，總之她平安無事，讓我湧起稍微鬆口氣的安心感。「……Space Write，成功了啊。」這樣的話自然而然脫口而出。

『——不對。』

得到的回答出乎意料。

『沒有成功。Space Write——失敗了。』

「咦？」

「失敗？」

『對。』她說話有點破音。『我的確成功回到了七年前，記憶資料也像這樣傳送到了十歲的「我」身上。』

星乃看著自己的雙手，目光低垂地說：『可是，沒有用。』

「是怎麼回事啦？」

『太遲了。』

十歲的少女以悲痛的聲音說下去。

『我Space Write過來的時候，爸爸和媽媽已經在太空了。』

「這……」

『他們已經開始在ＩＳＳ執行任務……十歲的我，就算想把他們叫回來，也根本沒辦法……』她立刻皺起臉。『爸爸，過世了。』

接下來不用聽也知道。

『媽媽也，不會得救……一切都，太遲了。』

星乃到底看到了什麼？面對她悲痛的表情，連我都胸口作痛。搞不好就跟當時的我一樣，親眼看到了最重視的人「臨終」？

「星乃。」

我不知道該怎麼安慰她才好。不，我自己就有切身的體認，知道這種時候安慰沒有任何意義。

所以該說的話只有一句。

「回來吧。」

星乃在畫面中抬起頭。

「既然失敗了……就回來吧。回來這邊，回到西元二〇一八年。」

『這不行。』

「為什麼？」

『因為，我……』她凝視著自己幼小的雙手。『已經什麼都沒剩下了。』

「沒剩下？」

『不是嗎？就算回去「你那邊」，我也什麼都沒有了。』

「沒這回事，妳有很多——」

『你騙人！』耳機收到她的呼喊聲。『我已經，完全沒有容身之處。事到如今才回去，也什麼都沒有……』

她擠出聲音似的宣告。

『我在地球上沒有容身之處。』這句話讓我覺得是星乃活到現在的這半輩子裡，最充滿切身體認的一句話。

可是——

「什麼叫作什麼都不剩……不要講這麼讓人難過的話啦。」

我拚命訴說。

「妳還有很重要的東西吧？」

『沒有這種東西。』

「妳有。」

『那你說是什麼？我剩下什麼？』

少女以帶刺的口氣回答，我告訴她：

「『未來』。」

言語自然而然說出口。

『未來……』少女喃喃複誦這句話，搖了搖頭。即使是十歲，也和現在沒什麼兩樣的長髮在畫面另一頭搖動。『未來……也一定，什麼好事都沒有。』

她靜靜地否定。

『不管是在地球活下去……』

她的目光漸漸低垂。

『還是被地球人圍繞著活下去……』

一臉參透一切的表情。

『我都已經，受夠了。』

相信這是她的真心話。過去她受到了多得數不清的地球人傷害，今後大概也將繼續受到傷害，這是她發自內心的呼喊。

「就是說啊，妳討厭地球人……事到如今還要妳相信，實在是強人所難啊。」

要治好星乃不信任人類的心態，不是輕輕鬆鬆就能辦到。最清楚這點的，就是在「第一輪」陪她克服繭居的我。

正因如此——

「可是，就算是這樣……『爸爸』和『媽媽』應該例外吧。他們倆雖然是地球人，但對妳來說應該是特例吧？」

『你想說什麼？』

「他們兩個的『夢想』會怎麼樣？」

『他們兩人的，夢想……？』

「彌彥流一和天野河詩緒梨——妳的爸爸媽媽在從事拯救人類的研究。但這研究因為不幸的意外而中斷，社會輿論罵那些都是詐騙，是信口開河。妳真的覺得讓事情就這麼定案無所謂？」

這是社會大眾都很熟悉的事。星乃的雙親在網路上受到謾罵，兩人的研究「CH細胞計畫」也受到猛烈的抨擊。說是浪費稅金、信口開河、為了湊資金而掰出來的騙局、老千細胞、女研究員就是靠不住——這些把往生者的名譽蹂躪得一塌糊塗的誹謗中傷，無論在網路還是大眾傳媒都像洪水似的不斷湧出。

「妳要當太空人。」

十歲的少女在畫面上全身一顫。

「妳要當太空人，搭上ISS，然後……繼承雙親的夢想。」

『之前我不也說過嗎？要當太空人，是辦不到的。因為我——』她看似沒自信地撇開臉。那是我所熟悉的星乃鬧彆扭的表情。『我就是不想靠地球人幫忙。』

她這個說法，我也知道。

——我不會當太空人。至少，不會靠地球人幫忙。

這是星乃要當太空人所需克服的最大障礙。不是能力或意欲不足，而是出於重度的不信任人。

「妳當得上的。」我懷著確信宣告。「妳當得上太空人。當然一開始要靠地球人幫忙，妳大概會不爽，可是妳會漸漸改變。會有伙伴，在大家的支持下飛向太空。」

『不要說得好像你知道。』

「誰教我是看過未來才來的。」

『我的人生由我決定。』星乃強而有力地斷定。『我討厭地球人，只有這一點，我一輩子不會變。』

「妳會變。至少，妳會結交到值得信任的伙伴。」

『我沒辦法相信……而且，反正我會死在太空，不是嗎？死在你說的「大流星雨」下。』星乃挑釁地睥睨我。明明才十歲，卻有這種充滿魄力的表情，這是源自她體內的人格。

「我不會讓妳死。」現在我這麼斷定。「我，絕對不會讓妳死。」

『平野同學不負責任。用講的當然簡單。』

說得還真不留情面。但我不退縮。

「我是來這個世界幫助妳的，所以不是只用嘴說，我會一直陪著妳，為妳而戰。不然要我發誓也行。」

『你騙人。你騙人。騙人。騙人。騙人。』星乃重複說著同一句話。『大家都離我而去。嘴上說得好聽，但每個人都很快就翻臉。地球人，都是這樣。』

「不對，妳誤會了。以後妳會得到很多人支持，受到很多人鼓勵，當上太空人，開始繼承雙親的夢想。」

『你騙人，我不相信，這種事情，不可能發生。』

星乃搖頭。

我對堅決拒絕的少女打出了王牌——雖然不知道是不是王牌，總之打出了最後一張牌。

「畢竟妳，這個——」

我從胸前的口袋拿出小手冊。

那是「夢想」的手冊。以星乃圓滾滾的字體寫得密密麻麻的未來構想圖。

『這、這個……』

星乃在畫面裡瞪大眼睛。

『你從哪裡……』

「當然是從這個房間。」

『…………』

「這不是妳的夢想嗎？」

接著我說出了這句話。

「夢想是當太空人。」

『……！』

「妳看，上面寫得清清楚楚，太空人。還寫說要繼承爸爸和媽媽的夢想。」

『那是……』

「妳說我是騙子，可是──」我以開導的語氣溫和地宣告：「現在是妳在說謊。」

『我、我沒有。』

「妳在對自己的心意說謊。」

『…………』

少女撇開視線，不發一語。

相信她其實很明白。其實她已經發現自己的心意，不然才不會這樣拚命寫下自己的夢想。不會在這種只是湊巧放進郵購紙箱，平凡無奇的宣傳手冊上，拚命寫下將來的願景。

星乃始終撇開臉，找不到話說似的咬著嘴唇。我也在找話講。照理說，現在每一秒鐘都很值得珍惜，但只有沉默支配著我們。

「星乃。」『平野同學。』

少女的嘴唇和我同時動了。

『我認為……你不是那麼壞的人。』

「咦……？」

『畢竟你每天都來，會買便當給我，還會幫我打掃……而且像、像我這樣的……』星乃要說什麼呢？我吞著口水聽下去。『外、外星人，你也正常地跟我說話。』

少女的視線在飄移。小小的聲音從耳機傳來，感覺就像在耳邊講悄悄話。

『我……動不動就會，發脾氣。』我知道。『又、又囂張。』我很清楚。『又很多東西不吃，蔬菜也會留著不吃。』這是懺悔，還是告解？『就算在一起，我覺得，一定也一點都，不好玩……』

我只是注視著星乃。她的唇間說出的話，是我第一次聽到的話——不，在第一輪的時候，我也確實聽見了星乃的這種真心話。就是透過這副耳機聽的——視野中的少女看似只有嘴唇在動。

『可是——』這時她加強了語氣。『平野同學，都會來。』

我和星乃四目相望。

『都會來，銀河莊……不管我怎麼生氣，打你，遷怒你……平野同學你，還是會來。這樣的人，我還是第一次遇到。地球人當中，第一次遇到。』

黑井要我把要說的話說完，但現在的我已經不知道該說什麼。因為我痛切了解到，星乃正用生澀的言語，拚命擠出內心深處平常絕不說出口的念頭。

『所以，我覺得平野同學……雖然是地球人……不對，在地球人當中……並不是，那麼壞。』

星乃說得很委婉，但正因為如此，才更顯出星乃肯定我。我的靈魂被這句話的含意抓住。

『——可是……』

星乃說到這裡，臉上多出了悲痛的神色。

『平野同學，將來也一定會一樣。』

「一樣？」

我總算說出話。星乃點點頭。

『平野同學，也一樣。會和其他地球人，一樣。』

「什麼一樣……」

『有一天會離開。』

少女的聲音顫抖，穿越時空，讓我的耳朵震動。

『現在，我們在一起；現在，你會來我房間。可是，有一天，平野同學一定也會離我而去。因為我，害你在網路上曝光，被大眾媒體抨擊，然後，跟我在一起這件事，讓你愈來愈痛苦，總有一天，你會不再來銀河莊。』

「這種事——」

『每個人都是這樣！』

這句話刺進我心裡。

『每個人，每個人，都是這樣！就算一開始很要好，了解我，遲早會在網路上被抨擊，看到週刊雜誌或八卦節目……每個人，都離我而去。就算我邀他們「一起玩吧」，到昨天都還會回「嗯」的小孩，卻突然變成「有點不方便」；到昨天都還對我很好的朋友的媽媽，會突然說「不要跟那個小孩玩」，說什麼「因為她是特別的」、「因為會在網路上被抨擊」、「因為會被連累」——每個人，每個人，都離我而去……』

那是十歲少女悲痛的體驗談。先前她認識的所有「地球人」是如何傷害她——不只是從網路上的匿名謾罵或大眾傳媒不負責任的報導，還是從所有把這些東西當真、戴著有色眼鏡來看待這年幼少女的人身上切身感受到的經驗。說起來，這是她身為這整個地球上唯一一直被當成「外星人」歧視，背負著「太空寶寶」標籤活到今天的少女才會懂的體驗。

『大家，一知道我是「外星人」……不管是小芽、小優、小友，他們的媽媽，還是鈴木老師，每個人，每個人，都離我而去。』這些名字是我完全沒聽過的。是星乃小時候的交友關係。『他們不來了，不再跟我玩，只有我不再被找了。他們叫我「外星人」，說爸爸「不倫」，說媽媽「浪費稅金」，說我讓他們「奉子成婚」，說我在太空出生，所以不知道什麼時候會回太空去，說會不會有飛碟來接我……』

星乃說到一半，變得像個三歲小孩一樣哭訴。她拚命忍著，不讓盈眶的淚水流出，讓我想起以前在Europa事件那陣子的八卦節目上看到的，星乃咬著牙，瞪著媒體記者，瞪著攝影機，瞪著電視機前的觀眾，瞪著世界，瞪著所有地球人的表情。

我一直沒發現。不，是早已發現，早已隱約感受到，但低估了這件事，總難免當成過去的事情而揮開。然而幼年期遭到傷害——而且不是被一兩個人，是被全世界的大人、小孩，以及匿名的人們傷害，一直被消遣為外星人，在電視機前消費，讓少女深深地受到了再也不能痊癒的傷害。

她總是那麼強勢、囂張，動輒發脾氣，不講理——這些表面上的堅硬鎧甲底下，有著一個容易受傷，實際上也真的遍體鱗傷，承受著痛苦的活生生的少女。星乃那些不講理的行徑與攻擊性，正是脆弱的體現。因為害怕地球人，才要威嚇他們；因為地球人會拿石頭丟她，才要回瞪對方；因為地球人會從遠處匿名放箭，才要躲進自己的領域。對於這些理所當然的自我防衛反應，社會大眾都解釋為她是繭居族，不去理解。不說別人，我也一直到這「第二輪」都沒發現。

『所以——』

她稚氣的眼睛滿是淚水。

『所以，就算回到現在（你那邊）……一定也不會，有什麼好事……』

這個時候，我變得不知道該說什麼才好。那是絕對不可能用講理的方式顛覆的星乃活生生的切身感受。被地球人弄出的無數傷痕，到現在還一直在流血。

少女一直孤伶伶的。

就是這種孤獨感讓少女看向過去，最後終於透過Space Write的方式導致現在被她拋棄。這個世界被她拋棄了。實實在在就是這個世界的人們傷害她，逼出這樣的結果。

『所以啊，平野同學。』

少女說話的聲音在發抖。

『我不會，回去你那邊。』

「星乃……」一切都太遲了。世界傷她傷得太深，她會逃避是一種太當然的必然。

可是——

就算是這樣——

「星乃……只有一件事，妳錯了。」這是我現在唯一一件確定的事。「妳說我遲早會離妳而去，是吧？但妳錯了。我不會離妳而去。」

『你騙人。』

「我沒騙妳。我會陪在妳身邊，只要妳希望——不，就算妳說不要，我也會再來見妳。我會來銀河莊，買炸蝦便當給妳，然後跟妳打打電玩，煮煮茶、吵吵架、開開無人機、把布偶扔來扔去，一直跟妳在一起。」

『你騙人，這都只有現在。等平野同學高中畢業，就不會再來了。』

「畢業以後我也會來。」

『大學忙起來就不會再來了。』

「就算蹺掉大學的課我也會來。」

『等你找到工作就不會來了。』

「下班我就會來。」

『等你交到女友就不會來了。』

「我才不會交女友。」

『你騙人。』

「我才沒騙妳。」

『可是，可是，總有一天，你一定會不再來了。你會受不了我，在網路，或是被週刊雜誌之類的抨擊，你會受不了。』

「我不會。」

『你會。』

「我不會。如果妳被抨擊，我就陪妳一起被抨擊。」

小孩子似的對答持續好一會兒，星乃仍然不斷說著『可是』。

『可是，可是，平野同學——』「我知道了。」『咦？』「我知道了，星乃。」

星乃睜大眼睛，她的眼睛就像水的行星一樣閃閃發光。

「那我給妳這個。」我撿起旁邊地上的一張「炸蝦券」，在上面劃上兩條平行線，寫上新的字，把原有的字蓋掉。「這是『平野大地券』，只要妳用了這個，我隨時都會趕來找妳。當然在學校上課時是沒辦法，但放學後一定會來。深夜也許沒辦法，但早上我就會來找妳。住院時是有困難，但等出院了，我會第一個來找妳。這樣如何？」

『你白痴啊？』

「沒有期限，不管用幾次都有效，就算弄丟也照樣有效。」

『不要拿這麼一張紙就想敷衍我。』

「我沒敷衍妳。」

『那都只有現在，你遲早會不再遵守約定。』

「我違背約定的時候，妳可以用空氣槍打我。」

『我會把你打成蜂窩。』

「可以啊。」

『平野同學。』

「什麼事？」

『你是認真的？』

「是。」

『你打算每天來銀河莊？』

「每天是辦不到，不過一年我會去個三百五十天。」

『你一定很快就會膩。』

「不會。」

『你遲早會改變心意。』

「不會。」

『想也知道會。』

「我不會。要賭妳一輩子的炸蝦都行。」

『…………』這時星乃不說話了。

眼眶浮現的淚水因為幾次眨眼而淡去，最後她傻眼似的說了：

『平野同學還是不能相信。而且你每次都違背約定。』

「我幾時違背約定了？」

『誰叫你——』

十歲的少女一臉正經地說出這句話：

『每次都忘了拿炸蝦券。』

就是在這一瞬間，噗滋一聲響，畫面消失了。
「啊……」
變成全黑的畫面上，電池剩餘量顯示【00:00】。
寂靜來臨，接下來要等上好一會兒才聽得見鳥叫聲傳進耳裡。
我心想結束了，另外又覺得身體發燙，有種奇妙的充實感。
「平野大地……這樣好嗎？」
黑井有點顧慮地問，我回答：「嗯。」這不是逞強，是我現在坦率的心情。
接著我拿下耳機，站起來。先看了看時間……
「我們走吧，快要趕不上了。」
黑井問趕什麼，我這麼回答：
「會客時間。」

【recollection】

記得是在剛升上高中三年級那陣子。
我一如往常地在放學後泡在銀河莊，星乃就找我說話。

「平野同學你啊……」

星乃在電腦桌後把鍵盤敲得喀噠作響，並且問起。

「曾經想過要回到過去嗎？」

「啥？」我正在玩手機，一邊解方塊遊戲一邊反問。「妳說回哪裡？」

「我說過去。如果……」她先經過一陣莫名的停頓，然後繼續問：「如果有時光機之類的東西……有辦法回到過去，你要回去嗎？」

「問得好突然啊。」

「如果不想回答，也沒關係。」少女突然不高興，撇開了臉。

——搞什麼？

讓她發起脾氣就會很麻煩，所以我隨口回答。

「我想想……」我一邊滑手機一邊回答。「可能，不太想回去吧。」

「為什麼？」

「妳想想，過去要重來一遍，不是很麻煩嗎？又要考高中之類，還有馬拉松大賽那些也很累人。」

「平野同學，真的很平野同學。」

「什麼意思啦？」

「做什麼都嫌麻煩，只顧ＣＰ值。」

「啊，死了。」方塊垮掉，龍的火焰在畫面上肆虐。「都是妳害我不專心啦。」

「誰管你。」

「唉～～虧我本來有望刷新紀錄的耶。」我切換手機畫面，開始用電子書看漫畫。

「…………」我開始看漫畫沒多久，發現她的視線。少女從電腦桌後盯著我看。我視線對過去，她就有點慌了似的忙著動起手，還不小心把一疊紙掃到地上。

——這是怎樣？

我拿著手機，避開破銅爛鐵走到電腦桌後頭。

「妳在看什麼？」

「——！」

我把星乃手上的一本像雜誌的書刊輕巧地往上拎走。她急忙伸手，但由於身高差距，她的手搆不著。

《週刊娛樂》。

星乃拿在手上的，原來是週刊雜誌，而且是以相當偏八卦而知名的雜誌。

——這丫頭原來還看這種東西？

這個討厭地球人，感覺不食人間煙火的少女，對地球上的八卦有興趣，讓我覺得很意外。「還我，還給我！」星乃就像玩具被沒收的小孩子，腳蹦蹦跳跳，但我拿著雜誌看下去。

啊……

【太空寶貝天野河星乃，十七歲的同居日記♡　對象是同一間高中的型男同學。美少女JK不知羞恥的同居交往？】

「還給我……！」

看到這裡，雜誌被她一把扯去。

「喂，這雜誌。」

「跟平野同學無關！」

星乃把雜誌藏到背後，大聲吼我。

「不，剛剛那張照片，明顯就是銀河莊吧？」

「才不是。」

「明明就是，而且連我都被拍到了吧。」

我切換手機畫面，打搜尋關鍵字「週刊娛樂　太空寶寶」。結果同樣的報導已經有網路新聞版，還刊登了同樣構圖的照片。內容是：「知名的『太空寶寶』天野河星乃，和男友處於半同居狀態？」照片上拍到身穿疑似月見野高中制服的男學生背影，正要走進銀河莊二樓的房間。怎麼看都是我。

「什麼時候被拍到這種照片……」「沒有被拍到，而且這是別人。」「如果說這不是我，我反而會嚇到。」

我心想真受不了，這下弄出麻煩事了，一邊把手機切換回原來的畫面。

我躺下來，又開始看起電子書，結果……

「……平野同學？」

「做什麼～～」我一邊看漫畫一邊回答。

「你為什麼，這麼……不當一回事？」

「啥？」我抬起頭。「妳是指這報導？」

星乃點點頭，手上還握著雜誌。

「你都不會在意嗎？」

「這種東西，在意也不是辦法吧？因為大眾傳媒這種東西，就只是自己亂找些東西來報得很聳動。」

我把平常就抱持的想法說出口，星乃就眨了幾次她的大眼睛。

「這、這樣啊？」

她一副大惑不解的模樣，又退回房間更裡頭去了。

——不過要是攝影師跑來自己家門前，的確是很煩啊……

我隱約浮現出這樣的擔憂，但想了也不是辦法。

正當我覺得拜託別讓我的長相在網路上曝光，結果……

「平野……同學。」

少女用比平常客氣的口氣喃喃問起。

「明……明天……」

這時，星乃不經意地問了這樣一個問題。

明天，你也會來嗎？

「——啥？」

當時的我無法理解她問這話的真意，就只是不經意地回答：「有什麼不方便的嗎？」「沒、沒有，也不會。」「那放學後，我照平常時間來。便當呢？」「我、我要吃。」「那我會先買來。」記得有過這麼一段對話。

現在我懂了。

那個時候，星乃的那個問題裡想必蘊含了各式各樣的感情。

——可是，可是，總有一天，你一定會不再來了。你會受不了我，在網路，或是被週刊雜誌之類的抨擊，你會受不了——

刊登在週刊雜誌上的，只是讓讀者找樂子用的報導。她是擔心我讀過這種報導，會不會有一天就不再來銀河莊了——她對此由衷恐懼。

「那明天見啦。」

所以，聽到我要回去時說出這句一如往常的道別語後……

「再、再見，平野——」

這是星乃第一次用名字喚我的瞬間。

「『大地同學』。」

當時就在我不知不覺間，我與星乃的故事——

已經翻開了新的一頁。

SOKURA
SOKU

終　章　夢想的延續

○

從車站步行約十分鐘的醫院，病床上。

少女安詳地睡著，今天也沒有要醒來的跡象。

「那我要動手了。」

黑井拿出手機，仔細查看設定。我知道畫面上顯示出來的是一種叫作視網膜ＡＰＰ的特殊時光機——嚴格說來是這種時光機的「子機」。只要用這個掃描星乃的視網膜，就能創造出現在時間的「點」。這也就意味著製造出星乃回到這個世界的立足點。

「麻煩妳了。」沒有確切的證據。

然而，我內心深處有個角落就是相信。相信星乃會回來。因為——

為防萬一，我把病房的門上了鎖，不讓人進來打擾。然後黑井的指尖湊近沉睡少女的臉，輕輕撥開她右眼的眼瞼，把手機畫面對過去。光條掃過，緊接著……

「唔……」

星乃悶哼一聲。

多天來一直閉著眼睛的少女，就這麼乾脆地醒來了。

「星乃……？」

我叫了她一聲，少女的眼睛就跟我對看。微微睜開的右眼充血，表情有點空虛。

「感覺怎麼樣？」

「……爛透了。」

她以細小的聲音回答我。

「妳真的，是星乃……沒錯吧？」

少女這麼輕易就回來，讓我反而想懷疑。

「……囉唆。我現在身體不舒服，別管我。」

聽到她口氣這麼差，我有了確信。

是星乃沒錯。

過了三十分鐘後，少女從病床上坐起。她喝了一口水，然後用熱毛巾用力擦臉，扭轉身體。她住院一週以上，全身上下都霹啪作響，還嫌纏在手上的點滴管礙事，粗暴地揮開。

「現在是幾年幾月？」

「西元二〇一八年一月。」

「……回來了啊。這裡是哪裡？」

「靠近車站的私立醫院。真理亞伯母很擔心妳。」

少女對「真理亞」這個字眼有了反應，垂下視線。看來倒也像產生了幾分罪惡感。

「對了……平野同學。」

「什麼事？」

「我、我說啊……」

她說話突然變小聲，舉起右手……

「給我。」

說出這麼一句話。

「給妳什麼？」

我不知道她在說什麼，歪了歪頭。

結果這次她鼓起臉頰，伸出手說：「就叫你給我啊。」

然後噘起嘴脣，這麼說：

「平野大地券。」

〇

西元二〇一八年一月四日。

真理亞流著淚，緊緊抱住今年第一次醒來的女兒。「真、真理亞，我好痛……」星乃不知所措地任由她抱，然後小聲道歉：「對不起。」翌日，星乃出院了。

回到銀河莊，我請星乃重新說明之前這種種的來龍去脈。她用伽神春貴的電池Space Write到了七年前。她直接的動機，取得電池固然是其中之一，但看到我和黑井讓人生重來，也跟著想這麼做。然而當她回到最舊的點時，已經來不及拯救雙親。然後當她無計可施時，卻在二〇一八年一月找到了「點」——這些事情她擇要說給我聽。至於十歲的星乃身體怎麼樣了，她也不知道。說不定十歲的星乃會昏迷不醒，又或者飛向未來的情形和飛向過去不同？雖然不知道我們是不是又犯下新的「罪」，但只有黑井莫名自信滿滿地說：「這應該不用擔心吧。」她的解釋是不同於回到過去，飛往未來的情形下，既然有著已經刻下的歷史，就不容易發生嚴重的副作用。但這不只是我，星乃聽了似乎也不太信服。

我即將和星乃用迅子通訊機聯繫上之際，出現那段「二位元資料」，這點我也試著問過星乃，她先說了句「我是沒有確切證據」，然後把她的推論說給我聽。

星乃從七年前的過去對現在送出通訊時，是把她母親天野河詩緒梨當時在用的「ＩＳＳ」艙外實驗平台作為中繼站來使用。也許就是這麼做的結果，導致迅子通訊紀錄之類的東西穿越時空，讓「ＩＳＳ」也接收到，然後被轉換為二位元資料——她是這麼說的。這終究只是推論，不知道真相。只是這和犂紫苑說中這是「來自遙遠時代的訊息」這件事奇妙地吻合了。

總之，星乃從過去回來了。雖然不知道這是否意味著她和失去雙親的過去做出了訣別，但我有一種預感，這次的Space Write，往後對於星乃將有重大的意義。她憑自己的意志從過去回到了「這裡」，這讓我再欣慰不過。

就「與過去訣別」這個角度來說，還發生了另一件令人意外的事。

○

事情發生在星乃出院的隔週。

「平野學長！天野河學姊！」

我們在醫院的等候室等著，上戶樹希就跑來叫我們。

「今天很抱歉，要各位跑一趟……咿！」上戶嚇了一跳，臉都僵了。轉頭一看，星乃以凶狠得幾乎能殺人的目光狠狠瞪著他。「馬、馬、馬上，家兄和家父，就要來了……」膽小的少年邊說邊後退。

「別這樣瞪人啦。」「平野同學別說話。」少女始終很不高興，咒罵著撇開臉。但她仍然不安地牢牢抓住我的衣服。

「這醫院可真氣派。」

我們身旁站著惑井真理亞。今天這一天，對星乃而言是重要的日子，不能少了身為星乃監護人兼養母的她在場見證。坦白說，真理亞對今天此行本來並不贊成，說服她的人是我，而說服起來更困難的是星乃。星乃再三推託不想離開公寓，但我拚命說服：「五分鐘就好，不，三分鐘也可以。」結果她總算提出「那就三十秒」這小家子氣的條件，被我帶了出來。她上面穿運動服，底下穿著動畫人物圖案的涼鞋，實在不是去見初次見面的人該有的打扮，但這也沒辦法。

接著——

這個人出現在寧靜的醫院等候室。

首先看到的是個坐輪椅的男性。他微微低頭，今天穿的不是醫院的睡衣，而是我們第一次看到的西裝，往我們這邊過來。推著輪椅的是個年紀大概有六十幾的年長男性。

星乃躲在我背後，真理亞露出嚴肅的表情。

「這是家父。」

上戶這麼介紹。

「這次承蒙各位百忙之中撥出時間，非常對不起。同時，我也要為我們的致意與道歉拖延到今天，致上歉意。」

年長的男性恭敬地一鞠躬，遞出名片。上面寫著「井田尚樹」這個名字，以及一家上市企業董事的頭銜。

「我是惑井真理亞。」接著換真理亞遞出名片，名片上可以窺見ＪＡＸＡ的標誌。接著她看著星乃說：「這是我的養女。」做自我介紹。

長輩間的招呼結束後……

「──那麼，哥哥。」

上戶這麼一催，父親推的輪椅上坐著的男性──Europa，也就是井田正樹，抬起了頭。他大概去理過頭髮，看得到用整髮劑梳好髮型的頭。雖然黑眼圈很深，但包括他穿起來不太搭的西裝在內，可以看出他為了今天已經極盡所能打理好服裝儀容。星乃一直躲在我背後窺看情形，抓著我衣服的手灌注了力道。

井田正樹恢復意識是短短幾天前的事。聽說正好是星乃從「過去」回來的那一天，而當井田正樹醒來，就像擺脫了附身的鬼怪似的，恢復到就算不再打電玩也能正常進行日常會話。

而提議進行今天這場會面的，是他的弟弟——上戶樹希。說服父親，以及與我交涉安排這次會面的也是上戶。

——請問能不能讓我們安排一個讓家兄道歉的場合呢？

起先，上戶提出這個提議時，不只是星乃，我和真理亞也都反對。事到如今才說要道歉，以為道歉就能得到原諒嗎？別想得太美了——我們當然會有這樣的心情，我不打算接受這個提議，也覺得一定不會成立。然而，上戶再三請求的熱忱，加上上戶的父親——也就是井田正樹的父親也正式提出請求，於是真理亞與星乃，再加上我，開了一場緊急家庭會議。這時我們原本還朝拒絕的方向討論——最重要的原因就是星乃抗拒——但我討論到一半也開始感覺到，這次的事也許會是個很大的機會。

當然風險是有的。坦白說，我不想讓他們兩個見面。然而，即使今後一輩子都不見面——不，正因為一輩子都不見面——我覺得今天這一天是必要的。

「來，哥哥。」

上戶催促，坐在輪椅上的井田正樹就將視線朝向我。星乃仍然躲在我背後，但這也無可奈何。光是她現在能在場就已經很夠了。

「非……」

接著聽見說話聲。

「非、非……非常抱歉……」Europa以沙啞的聲音說了。「之前的……種種，真、真的……非常……抱歉……」

這是謝罪。是針對Europa事件——在網路上的一連串中傷，以及入侵天野河詩緒梨的病房，犯下殺人未遂案道歉。

「我、我、我做了……很過分的事，真真，真的，非常抱歉……」

對方結結巴巴地道歉。星乃一直待在我背後。只是，感覺得到我的上衣被她在背後用力抓緊。

Europa生硬的道歉結束後，身為父親的井田尚樹對真理亞再度一鞠躬。「犬子做的事，無論如何賠罪都是天理不容。只是，在能力範圍內，我們會盡力致歉與補償。」

「關於這件事——」真理亞以僵硬的聲調回答。「我們家小孩說不接受任何這類的表示。」

「可是……」

「只是，對於一連串事件，我們會要你們負起責任。今後不在網路上寫下任何誹謗中傷的話、不接近我們家小孩，這些就不用說了，也要請他寫下不接近月見野高中的誓約書。改天我會請律師在場見證，請問這樣可以嗎？」

「好的……我們全都會照辦。」Europa的父親以認分的表情鞠躬。他的表情僵硬，從旁看去都覺得他很難受。

「——不過……」

這時，真理亞說話的聲調稍微變了。

「今天，各位願意安排這個道歉的場合——」她看向星乃，與她對看一眼後，微微點頭。「我想，對我們彼此來說……都會是以後要往前走……所不可或缺的事。」

真理亞慢慢地慎選遣詞用字說完，父親又深深低頭，說道：「……您說的話，我們銘感五內。」我不知道這是出於身為父親的責任感，還是作為一流企業重要人物的保身之計。可是我覺得今天這一天，對星乃來說會是重要的一天——覺得要和過去訣別，這很可能成為一個重要的分歧點。

未來會怎樣，我們不知道。

然而就算是這樣，我認為傷害過別人的人好好跟對方道歉是超越善惡的責任。和能不能因此得到原諒，加害者會不會洗心革面等問題處在不同的次元，是身為一個人的責任。最重要的是，要讓受害者能往前走——朝「未來」前進，這件事是只有加害者才能做到的。

這一天，星乃一直沒說話。

回到銀河莊後，她飯也不吃，蓋上棉被，似乎一直在思考。

回家路上，我回想起Europa道歉的模樣。他顯得擔心受怕，身體頻頻在發抖。Europa這個網路ＩＤ讓我們大費周章，搞得雞犬不寧，但脫掉匿名這層保護衣之後，跑出來的就只是個怯懦的中年男性。

我還不知道星乃是如何看待今天的事，只是，我覺得她就在這一天擺脫了Europa這個名字的束縛。

○

寒假快要結束的一月某一天。

「──平野大地。」

回頭一看，先映入眼簾的是耀眼的夕陽。遠方有一名少女，黑髮被風吹動。

「怎麼會在這種地方碰到？」我沒想到會在這樣的街角遇到，有點吃驚。少女似乎是跑著過來，臉有點發紅，肩膀上下擺動著喘氣。

「因為我有東西，要交給你。」

黑井在書包裡翻找了一陣。

「這個。」

那是一本書。《孤獨黑暗的另一頭》。當然是黑井的著作。

「妳的書印出來啦？」「嗯。我想趕快送給你。」「明明用寄的就好。」「……也對。可是我也不知道為什麼，腳就是走了過來，有什麼辦法呢？」

黑井撇開視線，有點不知道該看哪兒。很難得看到她這種舉止。

夕陽下的黑井，頭髮就像稜線似的被照出輪廓，平常顯得沉重的黑髮隨風搖曳，瀏海底下露出大大的眼睛。黑井這種我在「第一輪」時完全不知道的模樣，不折不扣就是個青春文藝少女，讓我有種不可思議的感覺，像是在和另一個人說話。

「幹得好啊，春風波卡老師。」

「唔……」黑井悶哼一聲，話接不下去。

「怎麼啦，波卡老師？」

「這個名字……你可別在學校叫喔。」

她有點難為情地撇開視線。這也許是我第一次看到黑井的這種表情。

「對了，幫我簽名啦。簽『春風波卡』。」

「咦？」黑井瞪大眼睛。「你怎麼想要這種東西？」

「有什麼關係，幫我簽一下嘛。妳在『這邊』還沒幫任何人簽過吧？」

「是沒錯啦……」黑井格外忸怩，然後拿起原子筆說：「既然你這麼堅持……」

簽到一半。

「……呵呵。」黑井忽然笑了。

「怎麼啦？」

「沒有，沒什麼。我是想起前幾天的你們，就覺得好笑。」

「前幾天？」

「真沒想到講完那些什麼炸蝦券、平野大地券之後，天野河星乃就跑回來了……實在太意外，讓我的理解跟不上。呵呵呵。」

黑井又笑了幾聲，在書的封面簽下自己的名字。

「只是，也許正因為會像這樣，不知道會發生什麼事情──」

黑井用至今看起來最開心的表情，遞出了簽名書。

「故事這種東西，才會這麼有意思啊。」

○

新年的街道上，人們的表情也顯得比較開朗，我懷著比較新鮮的心情跑在街上。手上便當店的塑膠袋擺動，香氣不時刺激鼻腔。

銀河莊二〇一號室。

艙門開啟後，少女在房間最深處慢慢昂起頭。「好慢喔／肚子餓了啦／你到底都在磨蹭什麼啦。」少女發出三連段毫不客氣的抱怨，又把頭縮了回去。這艘太空船的船長總是很會使喚人。

「拿去，便當。」「拿來我這邊。」「我放在這裡了。」天野河星乃這個人物，寵了就會無止盡地得寸進尺，所以我把便當放到桌上，開始燒開水。星乃一臉不高興的表情站起來，大聲踢開地上的破銅爛鐵走過來。途中還不知道勾到什麼線，絆了一跤，變得更加不高興。

「茶。」「正在煮。」

星乃一副等不及的模樣，接過幕之內便當。「沒有附炸蝦券。」「因為今天是買幕之內便當嘛。」「哼……」她不客氣地說出不滿後，當場坐下大口吃了起來。這個少女不討厭吃魚，但對細骨頭就有點神經質，現在也是多疑地開始仔細挑選鮭魚紅肉。

「對了。」我從書包拿出簽名書。「黑井拿她的書給我，要看嗎？」

「不看。」

我得到一點都不客氣的快答，只是我也不指望。就算進行Space Write又回來，也不代表這個少女生來的個性就會變好。

我正想著這樣的念頭。

「——平野同學你啊……」

星乃忽然叫了我的名字。

轉頭一看，少女盯著我。桌子底下，可以看到她在手掌上畫的東西——多半就是在畫「☆」號。

「我說……」星乃小聲說道。「我說你是……騙子，可是——」

——我不會把Space Writer交給任何人，也不會靠地球人幫忙。所以——平野同學是騙子。

那是我把自己是時空穿越者的事告訴她時，她對我說的話。

「我有那麼一點點……」星乃以生澀的語氣說了。「覺得懂了。」

我問她懂了什麼。

「第、第、『第一輪』的『我』……為什麼把Space Writer交給你。」

——這項Space Writer的研究，是我從媽媽提出的假設和爸爸留下的發明當中得到了靈感，然後進一步發展而成。正因為這樣，我絕對不會把這個東西交給任何人，也不會讓任何人拿去用。

星乃明言絕不會讓任何人動用Space Writer，所以她懷疑我用Space Writer來到這個時代，肯定是用了某些不正當的方法。

「現在，我覺得，可能……懂了一點。」

星乃吞吞吐吐地說下去。

「平野同學，那個……不是，那、那麼壞的人，所以……我一定……把Space Writer，借、借給你……用了一下下，也說不定。」

「…………」

星乃說出了令我意想不到的話。我覺得一股熱流上衝，有種自己的罪行得到原諒的感覺，這樣形容不知道恰不恰當。

「可是……」少女說到這裡，有點難為情地手上拿起一個東西。

「妳，這個——」

是那個小手冊。她密密麻麻寫上「夢想」的手冊。

「我寫在這裡的……要、要保密。」

「妳是說太空人這件事？」

「嗯。」

「也不必隱瞞吧？」

「因為……又還沒有決定，而且——」星乃眨眼次數變得頻繁。「這、這是我第一次，被人看到，所以……」她紅著臉低下頭。

「知道了。保密是吧。」

「嗯。」

少女說到這裡，像是要掩飾自己的難為情。

「那、那這個！」她對我提出一張紙片般的東西——在炸蝦券上劃了兩條平行線而改成的「平野大地券」。

「嗯？這張券怎麼了嗎？」

「你馬上去買炸蝦便當跟柳橙汁。」

「為什麼是我去買？」

「這是『平野大地券』耶。」

「我話先說在前面，這可不是『可以對平野大地下任何命令券』啊。」

「要先集滿五張？」

「也沒有這種規則。」我拿她沒轍地聳聳肩，抓起錢包站起。不過也好，就當作是紀念她從過去回來，請吃個便當和柳橙汁，我也不是不願意。

「還有，要點什麼好呢……」

星乃開心地喃喃自語，急忙把「平野人地券」收進有魔鬼氈的錢包裡。總覺得我以後會被使喚得更厲害，不由得微微感到後悔。

「啊，順便幫我買『吹彈可破布丁』喔，平野——」

接著星乃在這第二輪，第一次這麼叫我：

「『大地同學』。」

【mastermind】

朝天聳立的超高層大樓。

大樓最頂樓的一個房間裡，兩個人物面對面。

一個是坐在椅子上的男性，他翹起長腿，背靠在椅背上的模樣，充分飄散出儘管年紀輕輕就已經在全球知名太空企業身居要職者的氣派。右眼的單眼鏡不時被窗外射進的陽光照出反光，就像目光般射穿眼前的人物。

辦公桌前站著一名少女。這名看似只有十五六歲的少女挺直了腰桿，站姿十分優美，紫色光澤從她的一頭長髮上流過。嘴角的笑容透出胸有成竹的感覺，讓這名少女顯出一種超出她這年齡該有的存在感。

「——所以，小姐妳的意思是說，希望在敝公司就職？」

「六星先生，我不是找貴公司，是找您求職喔。」

少女委婉地否定，然後又露出微笑。

男性將履歷表扔到桌上。「妳似乎有個誤會。」他以演員般宏亮的美聲回答。

「敝公司設有錄取在學生的面試，我不是面試官，也不是人事部的人。靠個人關係來從事就職活動，我覺得應該是犯規的吧？」

「可是，您也不是完全無關吧？」

少女緊接著回答。她的臉上充滿了認為獲得錄用是理所當然的自信，對這個比自己年長且位高的男性，也毫不退縮地展現存在感。

「犂紫苑同學。」Cyber Satellite公司執行董事六星衛一以開導的語氣說。「關於妳解開那篇太空加密文的事，我也很願意肯定妳的才華。但要不要只因為這一點就錄用妳，那又是另一回事了。」

「話是這麼說——」

「而且——」六星露骨地打斷對方說話。「敝公司並不是缺人才缺到得僱用還在學的高中生，也沒有計畫用高中女生來炒作話題。」

「您這幾句話，聽起來像是『小ㄚ頭，搞清楚妳自己有幾兩重』？」

「要怎麼解釋是個人的自由。」

六星站起來，像是在強調事情已經談完。

「哎呀，好遺憾，虧我還以為這會是一段良緣呢。」

「可以請妳不要說得像在談婚事嗎……敝公司的員工會送妳到玄關大廳。」

當他拿起內線電話，準備叫人來——

「不用擔心，我知道怎麼回去。只是——」少女說到這裡，聲音突然轉低。「那段太空加密文『其實是來自遙遠「過去」的訊息，如果社會大眾知道這件事，應該會嚇一大跳吧』。」

這時六星停下手，重新放好內線電話。

「妳是指什麼事呢？」

「我是指什麼事呢？」

兩人視線交會，互相露出微笑。少女連眼睛都在笑，但六星的眼睛沒有笑意。

「職位就選六星先生的祕書好了……我敬候佳音。」

少女輕柔地甩動頭髮，開門走了出去。微微吹進的風讓少女的履歷表輕輕飛起，推回到六星手邊。

「哼……」六星衛一用指尖重新戴好單眼鏡，朝著在履歷表的照片欄位上優雅微笑的少女……

「別得寸進尺了——」忿忿地撂下這句話。

「『蓋尼米德』。」

（待續）

後記

非常感謝各位讀者拿起這本《流星雨》第四集。

這一集裡，會談到黑井冥子的「夢想」。也因為她的夢想是當「小說家」，這次寫起原稿就比平常更加需要面對自己的內在。

（以下內容將洩漏若干劇情。）

『之前以為是大作的厚厚一疊原稿，突然變得像是一疊一點意思都沒有的紙……夢想這種東西，還只是一種憧憬的時候最開心。』——黑井冥子在書中有過這樣的說法。第一次寫出長篇小說時的成就感，以及印出來拿去郵局寄時的昂揚感，等待名次發表時那種雀躍的感覺。我在西武新宿線的高田馬場站月台上，滿懷期待地翻開雜誌的結果發表頁，結果我的自信作卻連初審都沒通過就被刷掉，當時那種愕然的心情——事情都過了十年以上，但那種時候的感受，我到現在還忘不了。追夢時的充實感；夢想也許不會實現的焦躁感。「人生就是故事」——這是書中也出現過的台詞，但我個人是認為這些焦躁、痛苦、一喜一憂，也都是人生這個故事當中的一頁。而隨著年紀增長，也益發覺得要翻開新的一頁時，那種雀躍的感覺正是人生這種故事的真髓所在。

這一集也是靠著許多人的幫助才得以問世。

責任編輯I氏，承蒙您每次都不厭其煩陪著為了改稿弄得七葷八素的我，真的每次都承蒙您照顧了。在改稿的最終階段，百思不得其解的場面就像拼圖拼片一樣剛好嵌合上去的那一刻，就讓我在在感受到小說就是作家與編輯之間的傳接球遊戲。

插畫師珈琲貴族老師，這次也承蒙您提供了美妙的插畫。尤其黑井冥子的插畫，實在太符合她的形象，讓我看得都起了雞皮疙瘩。感覺連作夢都會夢到她的魄力和眼力。黑井冥子在我心中也已經完全成了我非常中意的角色。紫苑和伽神等新角色的造型，我也非常中意。

另外，為了紀念第四集上市，珈琲貴族老師新畫的「星乃壁毯」也將同時上市。還預計在九月八日舉辦《流星雨》的第一場「簽名會」。如果有興趣的讀者願意留意一下相關資訊，就太令人欣慰了。

參與本作製作、銷售、通路的每一位相關人士，請讓我藉這個場合，鄭重道謝。

還有各位讀者，真的很謝謝大家陪本作走到第四集。另外，一直有讀者送來熱烈的感想與鼓勵的郵件，也非常謝謝你們。疑似本系列幕後黑手（？）的人物也終於出現，但接下來才是重頭戲。如果各位讀者在下一集也願意繼續陪伴，那就是萬幸了。

在高田馬場站的月台上憶當時　松山剛

國家圖書館出版品預行編目資料

在流星雨中逝去的妳 / 松山剛作 ; 邱鍾仁譯 . -- 初版 . -- 臺北市 : 臺灣角川 , 2021.01-
冊 ; 公分
譯自 : 君死にたもう流星群
ISBN 978-986-524-197-1(第 4 冊 : 平裝)

861.57 109018343

Kadokawa Fantastic Novels

在流星雨中逝去的妳 4

（原著名：君死にたもう流星群 4）

2021年1月6日　初版第1刷發行

作　者：松山剛
插　畫：珈琲貴族
譯　者：邱鍾仁

發行人：岩崎剛人
總編輯：蔡佩芬
編　輯：孫千棻
美術設計：李思穎
印　務：李明修（主任）、張加恩（主任）、張凱棋

發行所：台灣角川股份有限公司
地　址：105台北市光復北路11巷44號5樓
電　話：（02）2747-2433
傳　真：（02）2747-2558
網　址：http://www.kadokawa.com.tw
劃撥帳戶：台灣角川股份有限公司
劃撥帳號：19487412
法律顧問：有澤法律事務所
製　版：尚騰印刷事業有限公司
ＩＳＢＮ：978-986-524-197-1